未練坂の雪

女だてら　麻布わけあり酒場2

風野真知雄

幻冬舎時代小説文庫

未練坂の雪

女だてら　麻布わけあり酒場2

目次

第一章　愚痴もときには　7
第二章　つづらの又次郎　86
第三章　出もどり　146
第四章　なにもしない男　211

女だてら　麻布わけあり酒場

主な登場人物

小鈴《こすず》
麻布一本松坂にある居酒屋を手伝う娘。
亡くなった女将《おかみ》おこうの娘だが、十四歳のときに捨てられた。

星川勢七郎《ほしかわせいしちろう》
隠居した元同心。源蔵・日之助とともにおこうの死後、店を再建する。

源蔵《げんぞう》
〈月照堂《げつしょうどう》〉として瓦版《かわらばん》を出していたが、命を狙われ休業中。

日之助《ひのすけ》
蔵前の札差《ふださし》〈若松屋《わかまつや》〉を勘当された元若旦那。
「紅蜘蛛《べにくも》小僧」と呼ばれる盗人《ぬすっと》の顔を隠し持つ。

おこう
多くの客に慕われていた居酒屋女将。何者かによる付け火で落命した。

第一章　愚痴もときには

一

麻布一本松坂には、一足早く、夕暮れが訪れつつある。

高台を背負っているため、日が落ちるのが早いのである。

坂下の町も青っぽい薄闇にひたしたようになっている。新堀川はかすかに光りながら、まるで過去に向かって流れているように見えなくなっていく。

日之助《ひのすけ》は、店の前に立って、

――おこうさんも毎日、この景色を見ていたのか。

と、せつない気持ちになった。

火事で焼けたおこうの店を再建し、営業を始めてから、まだ五日しか経《た》っていない。正式の女将《おかみ》は決まらないが、客は毎晩、よく来てくれている。予想を超えた繁盛ぶりは、まぎれもなくおこうの生前の人気のおかげである。

前の道や戸口のまわりを掃き、両脇に盛り塩をした。商売繁盛よりも無事な一日を祈るのよ、とおこうは言ったものだった。

店の中の掃除を終えた源蔵《げんぞう》が外に出てきて、

「のれんを出すにはちっと早いな」

と、言った。

「ええ、それより、星川《ほしかわ》さんは大丈夫でしょうかね?」

日之助は、店の奥をちらりと見て、小声で訊《き》いた。

「ああ。なんだか打ちのめされたといったふうだな」

星川勢七郎《せいしちろう》は、昨夜、突然の訪問者のあとを追い、斬《き》り合いに巻き込まれることになったらしい。

「腕の立つ連中だったが、まるで戦えなかった自分が歯がゆくてな」

と、星川は言った。

しかも、そのとき戦った相手が洩《も》らした言葉によると、この数日、店は見張られていたというのだ。

やはり、おこうはなにか大きなできごとに関わっていたのだ——三人の推測もそこに落ち着かざるを得なかった。

突如、おこうを訪ねてきた若い男は何者だったのか。そして、その男を追っていた二人の男たちは……。

おこうはなにか大事なものを隠し持っていたのか。

付け火の下手人《げしゅにん》らしき男と、その仲間だった岡っ引きの茂平《もへい》は、なぜ殺されたのか。

それらを解決しなければ、おこうの死の真相に迫ることはできないのだろう。

おこうの仇《かたき》を討ち、この店をうまく立て直して、さらにおこうの娘の小鈴《こすず》に引き渡すことができたら、あの世のおこうにも喜んでもらえる——はっきり口に出してたしかめたわけではないが、それが三人の共通する気持ちであるはずだった。

「斬り合いのこともそうだが、古い相棒の死も衝撃だったみたいですね」

と、日之助は言った。

「だろうな」

永坂の清八《せいはち》親分の死は、今朝になって伝えられた。

　このところは体調が悪くてあまり出歩かなくなっていたが、かつては腕利きの岡っ引きとして、この界隈《かいわい》にその名を知られたらしい。

　――あのとき、あやうく逃げ道をふさがれそうになったのは、その清八がいたからではないか。

　と、日之助は思った。半年ほど前、永坂の木綿問屋に忍び込んだときのことである。以来、しばらく盗みには手を出さずにきたが、先日、取り込み詐欺の仕返しで、だました男の長屋から金を取りもどすための盗みをおこなった。

「星川さんは清八親分を元気づけようとしたのが、かえって仇《あだ》になったと思ってるみてえだな」

「そうですね」

「おっと……」

　二人は話をやめ、慌てて目を逸《そ》らした。

　当の星川が出てきたのだ。

「どうしました？」

　源蔵が訊いた。

「ちっと、清八に線香をあげてくるよ」

と、星川は坂を降りていった。後ろ姿が雨に濡《ぬ》れたみたいにしょぼくれている。


星川勢七郎は一本松坂の途中まで降りてきて、立ち止まった。

昨夜の二人組が、建て直したおこうの店を見張っていたのはどこなのか。

暗闇沼で殺された男が借りたという家は、まだ再建されていない。

火事で焼けなかったこのあたりの家なら、おこうの店に出入りする者を見張ることもできる。ここらのどこかにひそんでいたのだろう。

ゆっくりと見回す。だいぶ暗くなってきているが、火を灯《とも》している家はない。

――まだ、見張っているのか……。

あいつらは、星川のことを「元木《こ》っ端《ぱ》役人」と呼んだ。八丁堀の同心だったことを知っているのだ。

茂平の仲間であれば、当然、知っているだろう。

だが、茂平はもう一人の男とともに斬られて死んだ。

別の一派が動いているのか。おこうは、そういう二者の争いに巻き込まれたのか。

あるいは、清八が動きはじめたことを知り、尻尾《しっぽ》斬りがおこなわれたのか。

いまは、なにもわからないのだ。

一本松坂を降りて、左手に曲がる。もう一度、永坂という名の坂をゆるゆると上る。麻布はつくづく坂だらけである。この坂も途中からかなりの急勾配になるが、その手前に清八の家はあった。

忌中のすだれが下がっている。

読経の声を聞きながら、星川は中に入った。番屋の番太郎と町役人が一人ずつ来て、葬式を仕切っているらしい。

ぽつぽつと弔問客は来ているみたいだが、寂しい葬式である。女房はもう二十年近く前に亡くなっているし、子どもはいない。

清八はこれから易者の天喬堂《てんきょうどう》を捕縛しようというとき、血を吐いて死んだ。いっしょにいた連中が清八の死に気がついたのは、すこしだけ抵抗した天喬堂に縄をかけたあとだったという。

最初に清八の死を伝えられたとき、星川は殺されたのかと疑った。

だが、明らかに病死だった。吐血で死ぬのは、酒で肝ノ臓を毀《こわ》した人が迎える最後として、めずらしいものではない。

遺体を入れた早桶《はやおけ》の前に十手《じって》が置かれていた。誰かがきれいに磨いてくれたのだろう。誇らしい笑顔が見せる白い歯のように輝いていた。じっさい、清八は称賛された数々の手柄を持っていた。

しかし、この十手はお上に返すことになる。

すると、あとにはなにも残らない。部屋の中の荷物も見事なくらいにすくない。旅人だって、もうすこし荷物を持っているかもしれない。

なにも残さなかった人生。

だが、星川はそれが清々《すがすが》しいと思った。自分も死ぬときは、清八を見習いたかった。

早桶の中をのぞいた。目を閉じた清八の顔は、意外に気弱な表情だった。こんな顔は今まで見たことがなかった。

——おいらもおめえも肩肘《かたひじ》を張りすぎて生きてきたのだろうか。

と、胸のうちでつぶやいた。無理が酒の量を増やし、こうやって寿命を詰めてしまった。

「よう、星川」

臨時回り同心の堀田順蔵《ほったじゅんぞう》が声をかけてきた。現役のときも何度か組んで仕事をした。調子のよいところはあるが、そう悪いやつではない。

「ああ、どうも」

「ずいぶんいっしょに手柄を立てたんだってな」

「おいらのほうは手柄ってほどでも。でも、清八は腕の立つ岡っ引きでした」

「ああ、ほかでもそんな話は聞いてたよ」

「最後はつらそうにしてましたか？」

と、星川は訊いた。

「いや、そんなこともなかったね。その前に、いっしょに天ぷらそばを食ったんだが、うまそうに食ってたんじゃないか」

最後は天ぷらそばだったのか。月見そばにしといたほうが、胸焼けはすくなくてすんだのではないか。

「天喬堂のことは、おいらが具合の悪い清八を無理やり引っ張り出したみたいなところもありましてね」

「それで、自分のせいじゃねえかってか？　そんなこと気に病んじゃいけねえ。血を吐くまで肝ノ臓が弱ってたんだ。もう、いつ、どこで死んでいてもおかしくはなかったのさ」

「どうも」

と、頭を下げた。そう言ってもらうと、わずかでも気持ちの負担は軽くなった。

それに星川も、清八が自分を恨むようなことはなかっただろうという自信はあった。

「最後に、なにか話をしてましたかい？」

星川は訊いた。

「そういえば、斬られて死んだへちまの茂平の綽名《あだな》のことを気にしてたな」

「綽名？」

「ぶら下がって生きてるからってついた綽名だが、誰にぶら下がってたんだろうってな」

「堀田さんに訊いたんですか？」

「ああ」

「ご存じなんですか?」

できるだけさりげなく訊いた。

「おめえ、知らねえかい?」

「おいらは知りません」

「本丸付きの御目付《おめつけ》で鳥居《とりい》耀蔵《ようぞう》ってお人さ」

「鳥居耀蔵……」

知らなかった。だいたい町方同心のような木っ端役人が目付なんぞと関わることはない。

もう一つ、気になることがある。清八と約束したこと。

「清八は最後に、紅蜘蛛《べにくも》小僧ってのを捕まえたがっていました」

「ああ。ここんとこ、なりをひそめてるがな」

「調べは進めてるので?」

「いちおうな」

ねずみ小僧もそうだったが、泥棒は変に町人のあいだで人気が出たりする。そんなやつをのさばらしては奉行所の沽券《こけん》に関わる。

だから、地道な訊き込みはつづけられているはずである。

「おいらも手伝うと約束してましてね。なんとかその願いは、かなえてやりてえなと思いまして」

と、星川は早桶のほうを見て言った。

今宵《こよい》も店を開いた。

もう準備はすべて整い、客が来るのを待っている。

調理場でこまめに動いている小鈴を見ながら、

「小鈴ちゃんはずっと同じ着物だな」

と、源蔵は言った。がさつに見えて、意外に女のおしゃれのことをよく見ていたりする。

「あ、そうですね」

日之助はうなずいた。

「せめて、おこうさんの着物が何枚か残っていたらよかったんだがな」

「おこうさん、おしゃれでしたよね」

贅沢《ぜいたく》ではなかった。

だが、おしゃれは好きだった。季節や気候に合わせて、着物と帯、前掛けなどを上手に組み合わせていた。

「着物、買ってあげようか」

「三人からということでですか？」

「もちろんさ」

「でも、そういうのって言いにくいですよね。おしゃれじゃないことを指摘するみたいに受け取られるかもしれないし」

「それは、おれが言うよ」

源蔵はいかにも気軽な調子で、天ぷらにする魚をおろしていた小鈴に声をかけた。

「よう、小鈴ちゃん」

「なんですか？」

「じつは、おれたちから着物を買ってあげてえなと思ってさ」

「着物を？」

「しばらくのあいだでもここで手伝ってくれるなら、それくらいは準備してあげねえとさ。だって、ほら、お給金の話だってまだしてないだろう？」

「お給金なんていいですよ。泊めてもらって、ご飯まで食べられるんですから。それに、お給金をもらっちゃったら、皆さんとさようならもできにくくなるし」

「うん、まあ、それはそれでさ。どうだい、着物は？」

「それはまあ。こうやって着たきりスズメでいたら、天ぷら油の匂いが染みついちゃったりもしますし」

「だろ。明日の昼前にでも、下の呉服屋を呼んできて、見つくろってもらうぜ」

「はい」

うなずいた小鈴の顔は、いかにも若い娘の嬉《うれ》しさにあふれていた。

「でも、何度も言いますが、あたしは女将じゃありませんよ」

「わかってるよ。手伝いだろ」

源蔵は笑いながらうなずいた。

「じゃあ、今日もわたしが小鈴ちゃんと調理場に立ちますから、いちおう源蔵さんがおやじの役ということで」

と、日之助は言った。

「いちおうな」

「星川さんはどうしましょう?」

まだ清八のところからもどっていない。

「飲み屋のあるじって顔じゃねえよな」

「では、用心棒ということで」

「そいつはいいや」

笑ったところで、今宵最初の客になる三人づれが入ってきた。

二

開けて四半刻《しはんとき》（およそ三十分）もすると、七人ほどの客が入り、店の中もずいぶんにぎやかになった。

「今日もいい調子じゃねえか」

と、葬式からもどったばかりの星川が日之助に声をかけた。

「ええ、ただ、あいつがほら」

日之助は、小鈴がいる前に座ってしきりに話しかけている男を指差した。

「ああ、道具屋の宇乃吉《うのきち》だろ」

おこうのときからの常連である。だいたい三日に一度の割合で来ていた。

この男の酒はだらしのない酒で、飲みながら、ずっと愚痴をこぼすのだ。

おこうもときどきは呆《あき》れて、

「もうやめときなよ、宇乃吉さん。お酒は楽しく飲んだほうが身体《からだ》にもいいんだよ」

と、たしなめたりしていた。

だが、いっこうに利き目はなかった。

「相変わらずしつこいみたいだな」

「ええ、追い出しましょうか？」

と、日之助は言った。

「あんなやつのせいで、小鈴ちゃんにこの店が嫌になられてもまずいですしね」

「いや、おこうさんも追い出すまではしなかったぜ。それに、小鈴ちゃんも適当に調子を合わせてるし、しばらく見ていようぜ」

「わかりました」

二人はちらちらと小鈴と宇乃吉のやりとりを眺めた。

星川は道具屋と言ったが、宇乃吉が自称するのは骨董屋《こっとうや》である。道具屋などには
わからない名品も扱うという。

「おれは、見る目はあるが儲《もう》からない」

というのが宇乃吉の口癖だった。

だが、けっして安くはないこの店に、月に十日ほどは来ていたのだ。肴《さかな》も適当に
頼むし、払いだってきちんとしていた。

そそこには儲かっているのだ。

「なあ、若女将」

と、宇乃吉が小鈴に声をかけている。

「だから、女将じゃないって言ったでしょ」

「でも、おこうさんの娘なんだって?」

「ええ、まあ」

小鈴は無表情にうなずいた。

「だったら、あとを継げばいいだろうが」

「そういうこと言われると、ますます嫌になるの」

「なんだよ、ひねくれ者だなあ。小鈴ちゃん、もう一本」

「三本目ですよ。もう、これでお終《しま》いね」

燗《かん》をつけた酒を、どんと音を立てて、宇乃吉の前に置いた。

「わかってるよ。ここは坂道で転ぶと危ないから、へべれけになるまでは飲ませないって、おこうさんも言ってたよ」

「あら、そうなの？　母の真似《まね》したわけではないんだけど」

「やっぱり言うことも似てるな」

「似てるって言われると、むしろ嫌なんです」

「そういうもんかね」

「そういうもんですよ」

「ま、それはいいんだけど」

「なにがいいんだか」

掛け合いみたいな二人のやりとりに、わきにいた日之助は思わず笑った。

「おれは気に入らねえよ。経師屋《きょうじや》の秀二郎《しゅうじろう》んとこの連中は」

と、宇乃吉がねちっこい口調で言った。

「近所の人の悪口はやめてくださいよ。いつ、お客さんで来てくれるか、わからないんですから」

「あれ、小鈴ちゃん。やっぱり女将みたいな口きくじゃないか」

「そんなんじゃなくて」

「大丈夫。近所ってほどじゃねえ。ずっとあっちの芋洗坂《いもあらいざか》ってのを上った竜土《りゅうど》六本木町ってところだから。あのあたりからここまで飲みに来るやつなんかいねえよ」

竜土六本木町からここまで来るには、その芋洗坂を下りきって、暗闇坂を上まで行ってから一本松坂をちょっと下るか、あるいはぐるっと回って、一本松坂を上ってこなければならない。

たしかに、お客にはなりそうもない。

「それで、経師屋の秀二郎さんとこの連中がどうしたんですか?」

「おれが、その竜土六本木町を、小さな荷車を引いて歩いていたら、経師屋秀二郎の店から女が出てきて、道具屋さんだろ、いろいろガラクタが出ちゃったので、持ってっておくれと、声をかけられたのさ。おれは、骨董屋で、道具屋じゃないってえの」

「あらあら」

「ちらっと見たら、すこしは面白そうなものもあったので、引き取ったんだよ」

「お金は払わなかったの？」

「いや、はした金を出したよ。五十文《もん》」

「たしかに安いね」

　と、小鈴は笑った。かけそば三杯分程度である。

「それで、家に帰ってからあらためて見てみると、手直しすると売れそうなものもあった」

「おう、やったね」

　と、小鈴は悪戯《いたずら》っぽく、こぶしをきゅっと握ってみせた。

「やったってほどじゃないよ。祭りのボロ市にでも持ってってくかってなもんだ」

「でも、得したんじゃない。なんで、そんなに愚痴っぽい口調になるわけ？」

「だから、そう甘くないの。ここに来る前の夕方のことだよ。その経師屋秀二郎んとこの若い者が飛び込んできてな、凄《すご》い剣幕で、うちから持ってってたものがあるだろうと、そう言うんだよ」

「あったの？」

「絵がそうだったみてえだ」

「絵？」

「五十文払ったうちの三十文はその絵の分だって吹っかけたら、払っていったよ」

「どんな絵？」

「夜桜見物の絵だったよ」

「立派な絵なの？」

「いやあ、どうってことないね。美人の描き方がちっと中途半端な感じでな。たいした絵師が描いたものじゃない。しかも、絵が半分で切れてるみたいでさ」

「切れてる？」

「ああ。下手《へた》だからそうなるんだろう。紙の大きさを考えねえで描くのさ、下手っぴは」

宇乃吉がそう言うと、

「そんな描き方する人がいる？　紙の大きさも考えないって」

と、小鈴は首をかしげた。

「小鈴ちゃん、世の中には信じられねえ馬鹿はいっぱいいるのさ。だいたい人間だって、人生の終わりがどこなのかってことも、よくわからねえで生きてるだろ」

宇乃吉は、回らなくなった呂律《ろれつ》で言った。

「ううむ。それって、面白いけど、違う話のような気がする」

小鈴がちょっとおどけた調子でそう言うと、わきで話を聞いていた日之助が、

「あっはっは」

と、声を出して笑った。

「そんな絵でもどうにかするつもりだったの？」

「世の中には、見る目のねえやつがいっぱいいるんだぜ。表装して見映えさえよくすると、立派な絵に見えてしまうやつがいるんだよ。子どもの描いた絵だって、表装したら売れたりするんだから」

「へえ」

「ただ、ちっと縦に長すぎたんで、美人のところと、夜桜のところを適当に切って、

二枚にしようと思ってさ。それで鋏《はさみ》を入れようとしたところに来やがったんだ」

「でも、わざわざ取りもどしに来たんだから、それなりの絵だったんでしょ」

「どうだか。ただ、おれが気に入らねえのは、あいつらの言いぐさだよ。おれは頼まれて引き取ったんだぜ。そこのおかみさんらしき人から、これ持ってってと。それをなんだか黙って持ってきたみてえに言いやがって」

「それは腹が立つわね」

「冗談じゃねえよ」

そこで三合目が終わり、宇乃吉はなだめられながら店を送り出された。


今宵はすこし早めの子《ね》の刻《こく》（夜十一時ごろ）前に、店がはねた。

源蔵は、表の戸と厠《かわや》に出る裏の戸を開け、風を通した。これは源蔵の役割みたいになってきている。

おこうもかならずこれをやっていた。

冬の風が吹き抜けていく。壁に貼った品書きや暦がはたはたとなびく。へっついや洗い場などの隅に入って、ささやきのような音を立てたりもする。ぬくもっていた空気はたちまち流されてしまった。

勿体《もったい》ないようだが、これをやらないと、店のあちこちに臭《にお》いが染みついて、落ちなくなる。

人の臭い。酒や煙草《たばこ》や肴の臭い。それだけではない。

人がここで晴らしていった憂さの臭い。人がここでも晴らし切れなかった恨みつらみの臭い。

それらの染みついた臭いが、飲み屋の味わいだ――と、そういう考え方もあるだろう。源蔵などはむしろそう思ってきた口だった。

人臭さのなかで、人はなごむのではないかと。

源蔵はそれをおこうにも言ったことがあった。

「あんまりきれいな飲み屋は居心地が悪いぜ」と。

「そうよね」

と、おこうは答えた。ちょっとうつむいて言ったかもしれない。

「でも、大丈夫よ、源蔵さん。どうやったって染みつくの。風を通そうが、雑巾《ぞうきん》で拭こうが、箒《ほうき》で掃こうが、お客さんが残した憂さや恨みつらみや涙はちゃんとここに染みつくのよ。あたしのそれらといっしょにね」

「おこうさんのといっしょに？」

「そう。それはほんとにそうなの。だからせめて、この店に入ってきて、最初の一杯を飲むときは、こざっぱりしてきれいなところで、ふっと一息ついてもらうの」

おこうはそう言って微笑《ほほえ》んだ。

言葉の重みが違っていた。

ろくに考えもせずに言った客としての言葉。

だが、おこうのそれは、さまざまな客の思いを受け止めてきた女将としての言葉。

源蔵は樽《たる》に腰かけて冬の風に身を縮こまらせながら、おこうの言葉を思い出した。

さらには、調理場に立ったおこうの姿を思い浮かべた。

いま、そこにはおこうの娘の小鈴がいた。

一通り風が吹き渡ると、源蔵は表と裏の戸を閉めた。

それから、後かたづけをしている小鈴に向かって言った。

「小鈴ちゃん、たいしたもんだぜ」

「なにがですか？」

「あの宇乃吉の相手ができるんだから。あんなやつの愚痴、なかなか聞いちゃいられねえぜ」

　源蔵の言葉に日之助も、

「ほんとだ。わたしもそう思いました」

　と、うなずいた。

「ぜんぜんたいしたもんじゃないですよ」

　小鈴は斜めの笑いを浮かべて言った。

「なんでだい？」

　源蔵が訊いた。

「そりゃあ、素直な気持ちで聞いてあげられたらたいしたものですよ。ほんとはあたし、我慢してたんですよ。むかむかしてたんですよ、内心は」

「そうだったのかい」

「しつこいし、あのおやじ。しかも、口調がだらしないじゃないですか。変に甘えた調子でしゃべるし。あの、垂れ下がった眉毛も嫌なんですよね」

　と、愚痴とは関係ないことまで言った。

「そういう気持ちが顔に出ないよう、一生懸命だったんです。あたし、もしここが自分の店だったりしたら、うるさいから出てけって言ってたと思います。ああいうしつこい酒って、いちばん嫌なんです」

「そうだったのかい」

と、源蔵も驚いた。

日之助も「へえ」という顔で小鈴を見ている。

「次は言っちゃうかもしれませんよ。どうしよう」

と、不安げな顔になった。

「なあに、かまわねえよ」

「でも、ここのお客を減らしますよ」

「ああいうやつは言われたって気にしないし、どうせまた来るんだよ。だから、しつこくて嫌になったら言ってやんな」

源蔵は笑ってうなずいた。

「ありがとうございます。もちろん、我慢はしてみますけど」

小鈴は頭を下げ、それからふと不思議そうな顔になって、

「うちの母は、あんな人の愚痴まで聞いてあげてたんですかね」

と、首をかしげたのだった。

家にもどった星川は、すぐに床にはつかず庭に出た。

しばらく刀を振るつもりである。

このところ、素振りすら怠っていた。やはり、怠け心が出ているのだ。

まずは上段から中段、下段、八双、脇構えといった基本の構えから、相手の動きを想定しながら剣を振った。

それぞれ二十度ほど振るうち、うっすら汗が出てきた。

さらに三方斬り、四方斬りといった大勢を相手にした場合も想定して動く。足腰が弱っているのを実感する。実戦だったら、もう二度ほど斬られている。左手はなく、腸《はらわた》が飛び出している。

息切れが激しくなってきた。たかだか二百にも達していない。

いったん剣をおさめ、居合いの姿勢を取った。

庭の隅にイチジクの木がある。この前に立ち、息を整え、

「やっ」

刀を振るった。

手前にあった直径一寸強の枝を狙った。

「なんと」

これが截《た》ち切れないのである。刃は八割方食い込みはしたが、枝が落ちない。

斬り込んだ角度が悪いのか、剣の速さが落ちているのか。

ふたたび振るった。やはり、駄目である。

いったんは刀を疑った。太刀は二振り持っている。どちらも有名な銘ではないが、切れ味には満足のいくものである。

昨夜の斬り合いでわずかに歯こぼれができてしまったため、そちらは近くの刀鍛《か》冶《じ》に砥《と》ぎを頼んでいる。

いま、使っているものにはそうした歯こぼれなどはない。

あるいは、酔いのせいかとも思った。

だが、今日は葬式に出ていたこともあって、店にもどってから二合しか飲んでいない。それくらいの酒は、むしろ血のめぐりがよくなって力が増すくらいである。

——藁束《わらたば》で試さぬとわからねえか。

だが、藁束など置いていない。

ふと、縁の下を見ると、炭俵が空になったものがあるではないか。数日前に突っ込んでおいたものである。これを縛り、木にぶら下げた。

さっきよりもっと静かに息を整え、刀を払った。

「とぁっ」

これも斬れない。

やはり、思っていたより相当、腕が落ちているのだ。身体の切れが格段に鈍くなっている。立花岩五郎《たちばないわごろう》道場の筆頭剣士という誇りなどは、もはや幻想でしかない。

この前、新堀川の岸で押し込み相手に刀を振るった。三人をかんたんに叩《たた》きのめした。自分ではいい気になったが、あれは町人相手だからなんとかなったに過ぎない。現に、剣を遣えるやつが相手だと、あんなに苦労したではないか。斬られなかったのは、運がよかっただけである。

足腰はもちろんだが、腕の筋肉が衰えているのだ。まず、ここから鍛え直さなければならない。

庭の隅にあった前の住人が置いていったらしい漬物石を手にした。赤子の頭ほどの重さで腕を鍛えるにはちょうどよさそうである。
これを持って、胸の高さまで持ち上げようとした。
途端、強い痛みが右の肘を走った。ぐきっという嫌な感触もした。
「痛てて」
ひどい痛みである。骨ではない。たぶん筋を痛めたのだ。
何度か曲げたり伸ばしたりするが、痛みはひどくなる一方である。
しばらくは刀を振ることも難しいだろう。
――なんてこった。
星川はつくづく情けなかった。

三

翌日――。
店の二階に、坂下の呉服屋〈福屋《ふくや》〉から手代《てだい》が来ていた。
小鈴の着物を決めるためである。

背丈や肩幅は伝えてあったので、それに合ったものを見つくろって持ってきた。呉服屋ではふつう反物を買って、それを着物に仕立てるのだが、この店では、すぐに着られるものをという需要に応えるため、ほとんど仕立てが終わったものも売っている。手代は着物を十二枚、帯も五本ほど、つづらに入れて背負ってきた。今日、着物選びをすると聞いたらしく、店の常連のちあきもやって来た。若い娘は、他人の着物選びでも見るのが楽しいらしい。

「小鈴さん。それも似合うね」

「そうかな。あたしは、こっちのほうが好きなんだけど」

「ちょっと着てみて」

ちあきが、階段の上がり口で見ていた源蔵を睨《にら》んだ。

「おっとっと。わかってるよ」

源蔵は慌てて後ろを向いた。

日之助はちゃんと気を利かして、先に後ろを見ていた。

「どうです？」

着替えた小鈴が、男たちに訊いた。

「いいですよ」

日之助は真剣な顔でうなずき、

「おう、いいねえ」

源蔵がにんまりとした。

「では、これで」

小鈴は着物選びを終えようとしたが、

「小鈴ちゃん。一枚じゃ駄目だ。もう一、二枚選んでもらわねえと」

と、源蔵が言った。

「ほんとですか」

「ああ、遠慮はいらねえよ」

「じゃあ、もう一枚はこれにしようかな」

小鈴が二枚の着物を選ぶと、源蔵と日之助は小声で話をした。

「驚いたな」

「ええ」

「あの撫子《なでしこ》色のやつ。柄までいっしょだぜ」

おこうが着ていた着物である。

「わたしも覚えています」

「それと萌黄《もえぎ》色のほう」

「柄がちょっと違うだけですよね」

「帯だって似てるぜ」

「帯はどの着物にも合いそうなやつを選んだので、似ても不思議はないですがね」

「こうして見ると、身体つきも似てるな」

「背はおこうさんのほうが一寸ばかり高かったかもしれないが、立ち姿はよく似てますよね」

「…………」

源蔵がなにも言わなくなった。

さらには鼻水をすすりはじめた。

「あれ、源蔵さん。泣いてるんですか？」

「いや、なあに、おこうさんもほんとはこんなことをしてあげたかったんだろうと思ったら、胸が詰まっちまってさ」

「ああ、なるほど」

「日之さんなどはまだ若いから、そういうことは思わねえだろうがな」

「そうかもしれません」

福屋の手代が、みんなの顔を見回してから、

「あのう、小鈴さんとおっしゃるんですか？」

と、訊いた。

「はい」

「鈴の柄の小紋がありますよ」

「おっ、それはいいねえ」

源蔵は破顔し、小鈴の目が輝いた。

「いま、在庫はないですが、すぐに取り寄せることはできます」

「色は？」

「一種類しかないんです。薄藍《うすあい》の地に、紋は濃い藍色です」

「ああ、好きな色です」

と、小鈴は微笑んだ。

「それにしよう」

源蔵が福屋の手代にうなずいた。

「三枚もつくってくれるんですか？」

「一枚も三枚も変わらないよ」

「でも、あたし」

「手伝いだもんな」

源蔵がそう言うと、小鈴は照れ臭そうに笑った。

「では、寸法を取らせていただきます」

と、手代は小鈴の背中のほうに回った。

「どれくらいで、できる？」

源蔵は、小鈴に見られないよう横のほうにずれて、両手をゆっくり広げるようなしぐさをしながら、声には出さず、

「遅く、遅く」

口の動きだけで言った。

福屋の手代は勘がよく、こっちをさりげなく見て、

「いま、立て込んでましてね」

「ああ、そう」

「すくなくとも半月か……」

源蔵はもっと長くするよう目配せを送る。

「ひと月ほどかかってしまいます」

この返事に、小鈴は難色を示して、

「そんなにかかるんだったらやめましょうか？」

と、源蔵を見た。

「いいじゃないか。小鈴ちゃん。鈴の柄だからって、別に名前に縁がない次の女将が着たってかまわねえんだから」

「そうですね」

と、小鈴は言った。

だが、若い娘なら、こうして選んだ着物に一度は袖を通してみたいに決まっている。とすれば、少なくともあとひと月はここにいてくれることが決まったようなものである。

源蔵は嬉しくなって、思わずにんまりとした。

この夜も、店を開けて半刻ほどすると、骨董屋の宇乃吉がやって来た。

宇乃吉は奥に空いている席もあるのに、わざわざ腰かけの樽を動かして、小鈴がいるところの近くに座った。

「よう、小鈴ちゃん」

「はい、どうも」

小鈴は小さく微笑んだ。

「まいったよ」

と、顔をしかめた。

今日は飲む前からすでに愚痴っぽい。

「どうしたの？」

できるだけ落ち着いた調子で、小鈴は訊いた。

宇乃吉は酒を一本と湯豆腐を頼み、

「経師屋秀二郎ってとこの若いやつが来て、持ってってたものを返せと言ってきやがった」

　と、言った。

「宇乃吉さん。それは昨夜聞いたよ」

「そうじゃねえんだよ。それは、昨夜、ここに来る前の話だろ。あのあと、おれが帰ったあとに、また来たんだよ」

「また、来たの？」

　と、小鈴もそれには呆れた。

「同じ二人だよ。またそいつらが、身体のごつい、恐ろしそうな面《つら》をしたやつらなんだぜ」

「乱暴されたの？」

「それはなかったよ」

「よかったね」

「まあな。でも、しつこいだろ？」

「ほんとねえ」

「もう一つあるだろ？　ってね」

「まだ、あったの？」

「おれは知らないよ。なんとか紋の入ったやつだとかなんとか、わからないことを言ったから、そんなものは知らねえと」

「ふうん」

「ほかにも、うちから持っていったものを全部出せとか言いやがる。でも、あの日はもう二軒ほどクズを集めてたから、どれがどれなんてわからねえし、めぼしいやつは別々に飾ってしまったんだ」

「それで」

「そんなに欲しかったら、店ごと千両で買ってくれとこう言ったよ」

「買うって？」

小鈴は驚いて訊いた。

「買うもんか。むっとしただけだよ」

「それでどうなったの？」

「あいつら家探しまでしそうな勢いだったから、あの日、集めてきたものをだいたい並べたよ」

「うん」

「そしたら、きれいに磨いておいた小皿を見てな、これだ、これだと」

「小皿が？」

「そう。こんなにぴかぴかにしやがってとか怒ってやがる」

「もとのは錆《さ》びてたの？」

「そう。こぎたねえ銅の皿だよ。まあ、模様自体は精巧なものだったんだけどな」

「銅の皿なんてある？」

「めずらしいわな」

「というより、皿じゃないと思う」

「そいつを持って帰ろうとするから、おれはちょっと待てよと」

宇乃吉は、歌舞伎役者が見得《みえ》を切るような顔をし、二本目の銚子《ちょうし》を頼んだ。

「それで、どうしたの？」

小鈴は、ここのところは訊いて欲しいのだろうと思って、訊いた。

「おれはこれに五百文の値をつけようと思ってたんだと。まさか、ただで持っていこうというのじゃあるめえなと、凄んでみせたよ」

「まあ」

「すると向こうは二人で相談してな、全部を五十文で引き取ったと言ってたじゃねえかとこう文句を言いやがる」

「ああ、そう言ったんだっけね」

「そう。言わずもがなのことを言ってたんだな。だが、おれは商売というのはそういうものだと。腕のいい商人はこうやって、いいものを見つけ、磨いて価値を高めてから売るんだ。黙って持っていったら泥棒だ。番屋に届けるぜ。とまあ、そんなふうに息まいてやったのさ」

「突っ張りましたね」

「押しどころだもの。そしたら、向こうも二人でこそこそ相談しやがってな。なんとか二百文にまけてくれねえかとこう言いやがる。しけたやつらだぜ」

「まけたんですか？」

「まけるかよ。五百文。びた一文まけねえぜ、と」

「へえ」

「払ったよ」

「五百文払ったんですか？」

「そう。五十文で買ったものを絵を合わせて五百三十文で売った。これが商売の醍《だい》醐味《ごみ》ってやつだな」

と、凄い勢いで二合目も飲み干した。

「宇乃吉さん。今日は愚痴じゃなく、自慢話になりましたね」

「え、そうかい？」

「こういうときは、お酒はほどほどにして、家に帰ったほうがいいよ。泥棒なんかに入られるかも」

「おい、脅かすなよ。でも、そうなんだよな。好事魔多しって言うしな。じゃあ、もう一本だけ頼むよ」

宇乃吉は怯《おび》えた顔で言った。


いちばん奥に武士の二人連れが座っていた。

星川はその手前に座って、聞くともなく二人の話を聞いている。右手が痛んで、銚子をつかむのもままならないほどである。このため、左手で酒を注ぎ、猪口《ちょこ》を持ち替えて飲むという始末だった。

「平手造酒《ひらてみき》が出奔したというのは本当なのか？」

と言った若い武士は星川も見覚えがある。すぐ近くに仙台藩の下屋敷があるが、その仙台藩士である。仙台藩士の何人かがおこうの店のお得意客になっていて、若い武士もその一人だった。

「ああ、本当だ」

連れがうなずいた。こちらはまるで見覚えはない。

「その前には千葉《ちば》道場も破門になったらしいな」

「それも酒が原因なのか？」

「いや、なんでも道場主の千葉周作《しゅうさく》に文句をつけたらしい。剣術よりも道場経営のほうに熱心すぎると」

「ほう。よく言ったな」

「酒臭いやつに痛いところを突かれて、千葉周作も怒ったんだろうな」

「そりゃあ怒るさ」

「藩のほうは酒が理由だろう？」

「そりゃあそうさ。大事な会合に遅れて駆けつけてきたが、ほとんどへろへろだった。用人《ようにん》も怒ったが、平手のほうは居直って、刀を抜くようなそぶりまで見せたのだ」

と、初めて見る武士は言った。

「そこまでやったのか」

「あのとき切腹を命じられても不思議ではなかった」

「それで結局は出奔ということか」

と、以前から来ていたほうの武士が残念そうに言った。

「惜しいか？」

「そりゃあそうだ。わが藩で屈指の遣い手だぞ」

「だが、あそこまで酒に負けてしまう男が、それほど遣えるものかね」

「これからは落ちる一方だろうな」

「だが、なにが平手をそこまで酒に溺れさせたんだ？」

と、見知らぬほうの武士が訊いた。

「それがどうも女が理由らしい」

常連の武士が声を低くした。

「女？」

「惚《ほ》れた女に去られて酒に溺れたそうだ」

「そりゃあだらしない話だな」

と、連れの武士は落胆したように言った。

星川はそんなやりとりを黙って聞いていたが、

——その平手という男の気持ちはわからぬでもない。

と、思った。

四

宇乃吉は三合目を飲み終え、鯛《たい》の切り身をいっぱい入れた贅沢な茶漬けを食べて帰っていった。「よかったら小鈴ちゃんも食べなよ」などとも言っていた。小鈴にたっぷり自慢話も聞かせて、いい気分になったらしい。

「変な話だったよね」

宇乃吉を見送ると、小鈴は日之助にそう言った。日之助はわきでずっと宇乃吉の話を聞いていた。

「変かね」

日之助は残った鯛を煮つけ用にするしたくを始めた。

「変よ」

「どこが？」

「まず、宇乃吉さんが持ってきたというのは、がらくたなんかじゃない。たぶん立派な襖絵《ふすまえ》だよ」

「襖絵？」

「そう。半分で切れてるって言ってたでしょ。切れてるんじゃなく、もう一枚の襖につづいているのよ。二枚で一つの絵になるの」

「ああ、そうか」

「でも、それだと屏風絵《びょうぶ》ということも考えられるよね」

「二曲の屏風か」

「大事なのは、宇乃吉さんが小皿と間違えていたやつ。それはたぶん、襖の引き手のところなんだよ」

「なるほど」

「小皿に間違えるくらいだから、縁のところの細工などはかなり立派なものなんだと思う。とすると、絵のほうも相当な絵師が描いているんだよ」

「そりゃあ見たかったな」

日之助はどっちかというと、仏像とか置き物などのほうが好きだが、いい絵にも興味はある。

「それで、経師屋秀二郎ってのはたぶん盗人《ぬすっと》なんだよ」

「盗人ねえ」

日之助はそっとうつむいた。

後ろめたい気分である。巷《ちまた》では正体こそ知られていないが、紅蜘蛛小僧と言われて有名になっている。

「どこかから、襖の修理のときにでも目をつけて、その襖を盗んできたのよ。でも、すぐには売ったりもできず、しばらくは隠しておく必要があるので、襖をばらばらにして置いといたわけ。なんせ襖や屏風をつくるのが商売の経師屋だから、そこらはお手のものよね」

「そうだな」

「ところが、秀二郎の女房だか妾《めかけ》だかが、ゴミと間違えて宇乃吉さんに持っていかせてしまったってわけ。もう片方の襖の絵はなかったみたいだから、たぶん一部だけだったんだろうけどね」

「なるほどなあ」

「あたし、これ、自信あるわよ。ただし、一点だけ除いて」

「その一点とは？」

「襖絵を隠しておくためって言ったけど、なんでわざわざばらばらにしなくちゃならないかってこと」

「ふうむ」

「経師屋なら、たとえば上にまるで別の絵をかぶせてしまうとか、いろんな偽装の方法が取れるはずよね」

「そうだな」

「それだけがしっくりこない謎《なぞ》だけど、あとは自信があるよ」

と、胸を張るようにした。

「町方にでも言うのかい？」

「どうしよう？」

「星川さんに頼む？」

まだ隠居したばかりの星川なら、どうにでもしてくれるはずである。

「でも、いまのところ、全部、推測の話だしね。ちゃんとたしかめたものは一つもない。絵も引き手も見ていない。なんせ、宇乃吉さんの愚痴だけが頼りの話だもの」

「町方だって忙しいしな。暗闇沼での殺しだって、下手人が見つかったようすはないし、まず推測だらけの話なんか取り上げてくれないだろうね」

と、日之助はそろそろ調理場の後片づけを始めながらそう言った。

「悔しいけど、ここまでか」

小鈴はほんとに悔しそうに言った。

最後の客を見送ったあと、

「おい、星川さんが酔いつぶれてるぜ」

と、源蔵が指差した。樽に座ったまま、壁に額をつけ、眠りこけている。

「ほんとだ」

日之助が苦笑した。

「どれくらい飲んだのだろう？」

「星川さんは三合ほどしか飲んでませんよ。あたし、お金も受け取りましたから」

と、小鈴が言った。

三人は自分が飲む分はそのつど銚子一本ずつ、金を払うことにしている。

「星川さんが三合でこんなになるわけないな。最近こそすこし弱くなったが、それでも七、八合くらいは飲まないと、こうはならないぜ」

「あ」

と、小鈴が手を叩いた。

「どうした？」

「すぐ隣りの縁台で、いっしょに飲んでいた人たちがいたでしょ」

「ああ、飾り職人の三人づれだ。あの人たち、顔は似てないけど、兄弟なんだよ」

と、日之助が言った。

「あの人たちに金を渡し、銚子を頼んでいたんですよ。三人で、八合分ほど頼んでいたけど、たいして酔ってはいなかったもの」

「たしか、一人は下戸《げこ》だったはずだよ」

「だとしたら星川さん、あと四合分ほどは飲んでるよな」

と、源蔵は星川の寝顔をのぞき込んだ。

「止められるのを見こしてたんですね」

「合わせて七合か。酒に弱くなったから、こうなってても不思議じゃねえな」

「どうしたんでしょうね？」

小鈴が心配そうに星川を見た。

「なんか、手が痛いとか言ってましたね」

日之助が言った。

「くじいたんだろ」

「元気もなかったですよ」

「ふうん」

「一昨日の夜のことがよほどこたえたんですかね。剣には自信があっただけに、まるでかなわなかったというのが」

「かわいそう」

と、小鈴は言った。

「しょうがねえな。送っていくか」

源蔵は星川の肩を叩きながら、どうにか立ち上がらせた。

「じゃあ、小鈴ちゃん。戸締りはしっかりするんだぜ」

「はい」

この家は、見た目は前といっしょだが、だいぶ頑丈にしてある。窓の格子は隙間《すきま》を小さくしてあるし、戸やかんぬきも頑丈にした。また、二階の上がり口は蓋《ふた》ができるようにして、煙や怪しいやつの潜入を防ぐこともできる。さらに、二階の窓からも逃げられるよう、縄梯子《なわばしご》も用意した。

おこうと同じ目には絶対に遭《あ》わせない。

小鈴に見送られ、三人は坂を下った。

「ほら、星川さん。しっかり摑《つか》まって」

日之助が星川の腰に手を回し、左腕を摑んで肩に回させた。

「おれはこっちを」

と、源蔵が右手を取ると、

「痛ててて」

「おっと、こっちは筋を違えたんでしたっけ」

源蔵は日之助にまかせることにした。

「なんだよ。送ってくれるのかい？」

星川が呂律の回らない口調で言った。

「飲みすぎですよ、星川さん」

「飲まずにいられるかよ」

坂を下りきって、すこし左に行けば源蔵の家がある。その坂下のところで、

「源蔵さん。大丈夫ですよ。わたしが送り届けますから」

と、日之助は言った。星川の足取りも、坂を下るあいだにだいぶしっかりしてきている。

「そうか、じゃあ頼んだぜ」

源蔵とはそこで別れた。

「小鈴ちゃんはどうだい？」

歩きながら星川が訊いた。

「ええ、賢い娘ですよね」

「そうだな」

「でも、やっぱりどこかひねくれたようなところもありますね」

「それはしょうがねえだろうな」

「それにいまどきの娘です」

「いまどき？　日之さんなんざそう歳《とし》は違わねえだろうよ」

「十も違ったら、いまはずいぶんな違いですよ」

「ん？」

星川の足が止まった。

「どうしたんです？」

「いま、若い侍とすれ違ったよな」

「ええ」

と、日之助は後ろを振り向いた。千鳥足の若い侍が一本松坂のほうに歩いていく。

「あの、酔っ払いですね」

「あいつは腕が立つぜ」

「へえ」

千鳥足の酔っ払いでもそんなことがわかるのだろうか。

「殺気のような気配を漂わせていやがった……狼《おおかみ》だ、あれは」

「まさか、辻斬りでも？」

「血は浴びてなかったけどな」

「何者でしょう？」

日之助はもう一度、若い侍の後ろ姿を見た。

顔は見なかったが、背が高く、肩幅の広い後ろ姿は、記憶に残ってくれるはずだった。

「疲れたなあ」

二階に上がってきて布団を敷き終えると、小鈴は口に出してそう言った。

押入れの下のほうから出てきた猫のみかんが、返事でもするみたいに、

「みゃあ」

と、鳴いた。

「こっちにおいで」

みかんを抱いた。星川はあまり人懐っこくないと言っていた猫だが、小鈴にはすぐに馴《な》れた。喉をくすぐると、ごろごろと気持ちよさそうな音を立てはじめた。

「飲みすぎだよね」

と、みかんに向かって言った。

あの愚痴っぽいおやじの相手をしたりするうち、けっこうな量を飲んでいた。もともと嫌いじゃないから、つい過ぎてしまう。星川のことを責められない。

「酒はあぶないよな」

と、ひとりごちた。

それで失敗したことも何度となくあった。

酒が入ると、つい気を許してしまう。それで思わぬ男と付き合う羽目になったりした。別れたあとで思い出すと、ただ酒が強いだけの男だった。

「ふしだらだったよな」

と、小鈴はうつむいて言った。

外は風の音がしている。高台はやはり風が強い。

失敗だったけど、その失敗がなかったら、もっとひどいことになったのではないか。

寂しかったのだ。寂しさをなぐさめてくれたのは、酒と他愛ない馬鹿騒ぎと、そのおかげで知り合った男たちだった。

「どうしてこんなに寂しいんだろう」

と、つぶやいた。

父親と母親が相次いでいなくなったせいだろうか。でも、もう十四になっていた。それくらいでお嫁や奉公に行く娘はいくらもいるのだ。

しかも、頼ることができる親戚の家もあった。

それなのに、飛び出したりして……。

もともと自分は寂しい人間なんじゃないのか。あるいは、人間というのが皆、寂しさを抱えて生まれてくるのかもしれない。

「また、同じことになるんだろうな」

風の音を聞きながら、小鈴はぽつりと言った。

喧嘩《けんか》して、ここを飛び出して、また別の男と付き合って……。いつまでそういうことを繰り返すのだろう。

どこかで適当な男を見つけて、所帯を持って、子どもを育てて……。でも、また何かあって、子どもを捨てて家を出たりする気がする。

「なんか嫌だな」

小鈴はため息といっしょに言った。

運命みたいなものがあるような気がする。自分の運命。親子の運命。一族の運命。抗《あらが》いきれない大きななにか。

それを振り払うためにも、ここにはいないほうがいいかもしれない。母の匂いが残っているような、こんなところは。

だから客と喧嘩して、ここを飛び出して、また別の男と付き合って……。

「ほんと嫌だな」

もっと飲みたくなってきた。それで泣きたくなってきた。

「みゃあ」

と、みかんが小鈴を見て鳴いた。

「なんだよ。酒はやめとけってか」

「にゃあ」

言葉がわかっているみたいに答えた。

「わかったよ。やめとくよ。今度、出ていくときは、お前も連れてってやるからね」

と、みかんの額に自分の額を合わせながら言った。

夜風がまた強くなっていた。

五

翌日――。

この日も十人以上の客が入って、星川以外の三人はそれぞれ忙しく立ち働いた。

店を閉める時間が近づいたころ、小鈴は言った。

「今日は宇乃吉さん、来ないみたいだね」

「二晩つづけて来てたからな」

日之助が客のほうを見回してうなずいた。

そんな話をすると、近くにいた客から声がかかった。

「宇乃吉って道具屋の？」

「そう。道具屋さんて言うと怒るよ。おれは骨董屋だって」

「道具屋だよ。というか、屑屋《くずや》だろ」

「そういうことは言わないほうがいいわよ。たとえ屑屋だって立派な仕事なんだし」

と、小鈴はたしなめた。

「あいつ、愚痴っぽいだろ？」

「そうね」

「あいつと飲むと、酒がまずくなるから近づかないようにしてるんだ。でも、おこうさんはよくもあんなやつの話相手になってたよな」

「そうなんですか」

「うん。すくなくとも、話は聞いてやってたよ。また、あいつが可哀《かわい》そうなやつなんだよな」

「可哀そう？」

「そうだよ。あいつ、あれだけ愚痴っぽいくせにその話はしないんだ。おれはおこうさんに話していたのを盗み聞きしたんだけどな」

「ふうん」

「もう十年ほど前らしいんだけど、家族三人で伊勢参りに行ったんだそうだ。無事、お伊勢さんにお参りをすませ、さらに京都にまで行って、いろいろと神仏を祈り、帰って来る途中の大井川さ」

「あ、嫌な話になりそう」

小鈴は眉をひそめた。

「大井川ってのは橋がないから、川越え人足に肩車をしてもらったり、縁台に乗ったりして渡らなくちゃならないんだ。その川の真ん中あたりに来たときだよ。急に水かさが増して、女房と七つの息子が乗った縁台がひっくり返っちまった」

「えっ、助からなかったの？」

「そうらしいな。伊勢参りの帰りだぜ。しかも京の都でも信心三昧《ざんまい》をしてきたんだ。その帰りにそういう目に遭うかね」

「ほんとにかわいそう」

小鈴はそう言って、棚に飾ってあるおこうがつくった招き猫を見た。小さな鈴を首につけた猫。

「以来、神仏を拝むのはやめたんだと。愚痴るくらいしかなくなったんだと。わからないでもねえよな」

「うん」

「あの愚痴を聞かされるほうは、たまったもんじゃないけどな」

「でも、いまの話聞いちゃうと、愚痴ぐらいいいかと思ってしまうよね」

と、小鈴は切なさそうな表情で言った。

二人づれの客がねばって、なかなか帰らないでいる。

そんなとき、日之助が調理場の床に這《は》いつくばってなにかしていた。

「どうしたの、日之助さん？」

と、小鈴が訊いた。

「なあに、どうってこたぁないよ。魚をおろすのに使おうと思った刺身包丁が裏から下に落ちたんで、拾おうとしているんだけどね……」

日之助が下からくぐもった声で答えた。

棒で手前までは引き寄せたが、隙間が狭くて取り出せないらしい。

「どれ、あたしがやってみるよ。指はあたしのほうが細いんだから」

小鈴もしゃがみこみ、指を隙間に差し込んだ。

「ああ、包丁はつかめるんだけど、隙間より包丁の柄のほうが太いから無理だね」

「ちょっと待って。これは持ち上げられるよ」

日之助は源蔵を呼び、二人で台の両端を持った。

「いいかい。持ち上げた隙に、ぱっと取っておくれよ」

「いいわよ」

「それっ」

小鈴はすばやく包丁を取り、日之助に渡した。

「はい」

「小鈴ちゃん……」

「どうしたの？」

日之助が妙な顔をしている。

「小鈴ちゃんが言ってた謎がわかった気がした」

「どういうこと？」

「同じ事態になったんじゃないか」

「もっとわかりやすく言ってよ」

「盗んできてからばらばらにしたんじゃないと思うよ」

「え？」

「現場でばらばらにして、それを持ち帰ったのさ」

「そんなことってできるんでしょうか？」

「できるさ。経師屋だもの」

「でも、現場でばらばらにするなんて、逆に捕まりやすくしてるみたい。だって、さっさと盗《と》って逃げたほうが時間も節約できますよ」

「だから、さっきの包丁みたいにそれはできなかったんだよ」

「ああ、なんとなくわかってきた」

「たとえば、床下あたりに忍び込んだ。わずかな隙間はあるが、取り出すには引っかかってしまう。その隙間を使い、襖を先にばらばらにした。ばらしてしまえば、あれは木組の棒と紙と引き手だけだからね。かなり小さな隙間からでも取り出せるよ」

「ほんとだ」

小鈴は以前、働いた店の隣りに経師屋があり、そこの仕事をぼんやり眺めたりしたのを思い出した。

襖なら、外側の枠は取り外せてしまう。これは棒のようになってしまうから、小さな穴みたいなところからも出すことができる。中の障子の桟《さん》みたいなものも同様だ。紙を剝《は》がすには霧吹きで水をかけたりしながら、糊《のり》を溶かし、そっと剝いでいく。

絵を濡らしたら大変だが、裏には下貼りしてあるので、そっちは多少濡れたって大丈夫だろう。あるいは剃刀《かみそり》で薄く剝いだかもしれない。剝がしたら丸めて取り出す。

隙間が小さいとやりにくい作業ではあるだろうが、そこは専門の経師屋ならできないことではない。

「盗まれたほうは、たとえ隙間があるのはわかっても、そんなところから取り出せるとは思わない。たぶん忽然《こつぜん》と消えたように思っているだろうね」

と、日之助が言った。

「天狗《てんぐ》のしわざにしてるよ」

江戸では不思議な消失はたいがい天狗のしわざにされる。

「それにしても、面白いことを考えたものね」

と、小鈴は感心した。

「うん。考えたやつもたいしたもんだけど、宇乃吉の愚痴からこんな悪事がひそんでいるのを見破った小鈴ちゃんはもっと凄いよ」

「そんなことないよ。それより、どうしよう?」

「ううん。わたしには、なんとも」

日之助は腕組みした。泥棒が泥棒を突き出すようなことはしたくない。

「だって、盗みだよ」

と、小鈴は声をひそめた。

「そりゃあ、そうだ。小鈴ちゃんにまかせるよ」

「まかされてもねえ」

「わたしはわからねえ」

「星川さんに話そうか？」

「それでもいいけど……」

もちろん、元同心の星川は、こうしたできごとの専門家である。言えば、いちばんいい方法を見つけてくれるだろう。だが、泥棒のことで、星川に相談するというのも、日之助からしたら気が咎《とが》める。

ただ、星川は今日もだいぶ飲んでいる。相談にはなりそうもない。

「じゃあ、源蔵さん？」

「源蔵さんもいろいろ顔は広いよ。瓦版《かわらばん》屋だったから、そうしたことの対処の方法も知ってるはずだし」

「そうだね」

ちょうど源蔵が炭俵を運んできた。

「ねえ、源蔵さん……」

小鈴は、日之助といっしょに考えた推測を語った。

「おう。そりゃあ、間違いなく悪事がからんでいるぜ。ここらの番屋で話をしてみるよ」

と、胸を叩いた。

六

源蔵は、麻布でも指折りの大きな寺である善福寺の門前元町の番屋からもどる途中だった。

ちょうど以前からの知り合いである町役人が居合わせ、ここらでおかしな盗みはなかったかと問い合わせた。

「盗まれるはずがないところから、忽然と消えたりしたようなことだよ」

「あれ、そんなような話は聞いたな」

「あったかい?」

「どこで聞いたんだっけかな。あ、湯屋だ」

湯屋の洗い場や二階の休息場は、近所のうわさ話の宝庫である。

「そりゃあ、たしかめてみたほうがいいぜ」

「わかった。経師屋がからむんだな」

この町役人は頭もまわるし、動きも速い。まかせておいて大丈夫そうだった。

一安心して家にもどることにした。

歩きながら、源蔵は嬉しい気持ちになっている。

――たいしたもんだ。

と、思ってしまう。

あのおこうの娘だけある。いくらひねくれたところがあっても、いまどきの若い娘ではあっても、やっぱり賢いところは受け継いだのだろう。

にやにやしながら、長屋の近くに来たときだった。

路地の入り口に武士が立っていた。

――ん？

嫌な感じがした。

まともな武士ではない気がした。

横をすり抜けて路地に入るつもりだったが、咄嗟《とっさ》にまっすぐ進むことにした。

武士は源蔵に気づいたらしく、じいっとこっちを見ている。右手は刀にかかっていないが、左手がそっと鞘《さや》に添えられた。

胸騒ぎがしてきた。

道の真ん中のほうに足を移しながら歩く。

「月照堂《げっしょうどう》の源蔵か？」

と、訊いてきた。

若い男である。紋付《もんつき》に袴《はかま》をはいているが、擦り切れた感じはある。月代《さかやき》も剃《そ》っていない。おそらく浪人者だろう。

「いや、違いますぜ」

できるだけ笑みをふくませながら答えて、そのままわきをすり抜けた。

背中が緊張でひりひりする。おそらく見られている。

振り向きたいが、振り向けば目が合うだろう。

しばらく行って、道を曲がるときにさりげなくさっきの男を見た。

こっちは見ていなかったが、まだ路地の前に立っている。

源蔵かと訊かれたとき、そうだと答えていたらおそらく斬られていたのではないか。

あいつは、「月照堂か？」と訊いたのだ。とすると、やはり瓦版がらみのことに違いない。このあいだまで、得体のしれないやつらに脅されたりしていた。

だが、おこうの騒ぎなどのため忘れていたのである。

——まだ終わったわけではない……。

源蔵は背筋が寒くなった。


それから三日後の昼過ぎ——。

善福寺門前元町の町役人といっしょに料亭〈かわだ〉のあるじがやって来た。

〈かわだ〉は、新堀川沿いの三田古川町にある立派な料亭である。京都から呼んだ板前たちが、独特の料理を出すというので評判になっている。

「じつは、手前どもの家宝ともいうべき夜桜を描いた襖絵を盗まれまして」

と、あるじは言った。

「やはり、そうですかい」

と、源蔵がうなずいた。

「いや、盗まれたというよりあまりにも忽然と無くなったので、わたしどもは消えた、天狗のしわざかと思っていた次第なんです」

「そうでしょうね」

と、小鈴は笑った。

小鈴たちが想像したとおりである。だが、盗られた店まではわかるわけがない。

「やったのは、経師屋秀二郎ではありませんでした。秀二郎の何人かいる弟子のうちの二人がやったのです」

「宇乃吉さんのところに取りに来た二人ですね」

「秀二郎に見つかるのを恐れて、押入れに隠しておいたうちの一部を、おかみさんがゴミと間違えたというわけで」

「無事に取りもどしたのですか？」

「ええ。経師屋秀二郎がちゃんと元通りにしてくれました」

「それはよかったです。ところで、誰が描いた絵だったのですか？」

と、小鈴が訊いた。

「葛飾北斎《かつしかほくさい》、いえいまの名は為一《いいつ》とおっしゃるんですがね」

「北斎！　あたし、大好きですよ」

小鈴は感激のあまり大きな声で言った。

「北斎？　版画ですかい？」

と、日之助が訊いた。

「いえ、肉筆画です。版画も素晴らしいが、肉筆画の素晴らしさときたら、琳派《りんぱ》や狩野《かのう》派の人たちですら舌を巻くほどだといいますからね」

「まあ」

「へえ」

小鈴と日之助は興味津々といったようすである。

「聞けば、こちらの若衆が酔っ払いの愚痴から、この盗みを見破ったのだそうで」

「それはこの小鈴ちゃんが」

と、日之助が小鈴を指差した。

「そんなことないよ。ばらばらにしてから盗んだというういちばん大事なことは、日之助さんが見破ったんじゃないですか」

小鈴は顔を赤らめて首を横に振った。

「いや、小鈴ちゃんがそれは変だといろいろ考えたから、たまたま思いついただけだよ」

「まああ、手柄のゆずり合いはそれくらいにして」

と、源蔵は笑った。

「お礼をさせていただきませんと」

と、〈かわだ〉のあるじは言った。

「いえ、お礼なんてけっこうです。それより、その北斎の絵を見てみたいんですが」

と、小鈴は言った。

「ああ、もちろん」

「いまからでもいいですか?」

「どうぞ、どうぞ」

小鈴と日之助が行くとなると、源蔵も、

「あっしもいいですかい？　北斎の肉筆画は見てみたいね」

「もちろん、ご遠慮なく」

絵なんぞにはまったく興味がないという星川が留守番を引き受けたので、三人で見に行くことになった。


料亭の中があまりにも立派で、小鈴は気おくれしたみたいに肩をすぼめている。

長い廊下を進み、いちばん奥の部屋に入った。

「特別の賓客《ひんきゃく》だけをお通しする部屋です」

とのことである。

畳敷きかと思ったが、そうではない。すっきりした板の間になっている。

ただし、客が座るところには大きな熊の毛皮が敷かれている。いかにも暖かそうな、座っただけで戦国の大物大名にでもなったような気になれそうである。

北斎の襖絵は、茶室と二間つづきのあいだにあった。

「この部屋に外から侵入するのはまず不可能です。ところが一夜にして消失した。町役人さんが湯屋のうわさ話から訊きまわってくれて、あたしの家の被害に結びついた。真相を聞いたら驚きましたね」

あるじは熱心にしゃべっているが、小鈴たちは絵に見惚《みと》れている。

「これは凄いねえ」

小鈴は圧倒されたらしい。

画面いっぱいの夜桜。それは襖の大きさを越えて広がっていくようである。

左下に女が二人、夜桜を見上げている。

美人はたいしたことがないと宇乃吉は言っていたが、そうではない。

桜があまりにも美しいので、美人が色褪《いろあ》せてしまうだけだ。美人だけ見れば、充分に美しい。

こんな凄い絵を宇乃吉があやうく切り離して表装し直すところだったのだ。

「裏も面白いですよ」

と、あるじは裏を勧めた。

次の間に入り、襖を振り返った。

なんと、こちらは夜桜の遠景が描かれている。だが、夜桜は画面の正面に小さく描かれている。

こっちの中心は夜空である。星がまるで満開の桜のように空に咲き誇っている。その果てしなさ、巨大さ、美しさに圧倒されるほどである。

「はあ」

小鈴は見惚れるしかない。

これが北斎なのだ。この世をはるか遠くから眺めようとする独特の視線。それは富士を描く絵などにも感じられる。

「ここに炉が切ってありますでしょ。ほら、このわきに隙間があるのです。外の空気を取り込めるようにね。ここは縁の下に忍び込めば、中をのぞくことができます。このわずかな隙間を使って、棒で引き寄せ、ばらして外に出したというわけです」

「ここをね」

日之助はかがんでその隙間を見た。

なるほど小さな隙間で、ここからすべての作業をしたのだから、たいした盗みの技である。

「こんなことができるのは、紅蜘蛛小僧にちがいないという者も出てきましてね。まさか、あの経師屋のしわざだったなんて、わからないものです」

と、番屋の町役人が言った。

「紅蜘蛛小僧か」

源蔵が感慨深げな声で言った。

「そういえば、永坂の清八の最後の望みが、紅蜘蛛小僧を捕まえてえというものだったらしいな」

「あ、あたし、好きですよ、紅蜘蛛小僧」

と、小鈴はさすがに小声で言った。

「潜入はするけど、たいしたものは盗らない。義賊でしょ」

「ちっ」

日之助はそっぽを向き、小さく舌打ちした。自分がそれほど恰好《かっこう》いいわけがない。義賊うんぬんは誰かが勝手に言い出したので、要はしたいからやっているだけである。

「泥棒が好きなのかい?」

と、源蔵は笑った。

「だって、金持ちのところにしか入らないというんでしょ。ねずみ小僧の再来だって」

「ねずみだってこそ泥に過ぎなかったんだぜ」

ねずみ小僧のことは瓦版でもさんざん書いた。捕まって処刑されてから、もう四、五年ほど経つだろう。

「でも、紅蜘蛛小僧はそんなことないですよ。それに紅い紐《ひも》を使うってところが、女ごころをくすぐるのよね」

「そんなもんかね」

と、源蔵は苦笑いするしかない。

「ね、日之助さん」

「ん、ああ」

日之助は上の空である。

第二章　つづらの又次郎

一

おこうの店では、寒い季節になると、店の中に火鉢を二つ置いていた。火鉢では酒の燗をつけたりはせず、客が暖を取るためのものだった。いま思い出すと、ちょっと変わったかたちの、異国ふうの火鉢だったが、火事のときに二つとも割れてしまっていた。

火鉢こそありきたりのものだが、新しい店でも同じようにしている。

この火鉢を使って、

「目の前で温かい料理をつくって出してみてはどうかしら」

と、小鈴が提案した。

「小さめの土鍋をここに置き、できあがりを待って食べさせるんです。目の前でだんだん煮えていくようすを眺めるのって、お客さんに喜ばれるんじゃないかな」

「煮えていくようす？」

「ええ。ぐつぐつ音がして、匂いも漂ってきます。味だけでなく、音や見た目、匂いも満喫できます」

「へえ。そんなこと、よく思いついたねえ」

と、源蔵は感心した。

「あたし、旅の途中に農家に泊めてもらったことがあって、そのとき囲炉裏端で夕飯をつくってもらったんです。そんなたいそうなものは入ってなかったけど、煮えていくのを見てると、もう、おいしそうでたまらなかったんですよ」

「どこを旅してたんだい？」

源蔵は興味津々で訊いた。

近ごろは女の旅も増えているとは聞くが、若い娘が旅をするというのはそう多くない。しかも、農家に泊めてもらうというのも不思議である。

小鈴はそこらの町娘はしていないような、いろんな経験もしてきているのではないか。

「まあ、そういう詳しい話は抜きにして。どう、この案?」

小鈴はさりげなく源蔵の問いをはぐらかし、星川や日之助の顔を見た。

「囲炉裏端の料理か。いいかもな」

と、星川も賛成した。

日之助は、どういうものか想像がつかないというような顔をしている。

「ちょっと、やってみましょうよ」

のれんを出す時刻までは、まだ半刻ほどある。

小鈴はすぐに調理場に行き、材料を選びはじめた。

その鍋のしたくをするあいだに、源蔵が星川に言った。

「ちっと相談したいことがありましてね」

「どうした?」

「どうも危ない連中に狙われているという話は、前にしてましたよね」

「ああ」

まだ、おこうが生きていたころである。

瓦版を出せなくなった。道具が壊され、つてをたどって版木や紙をあつらえ、ようやく完成させたものは奪われた。

闇夜に刃物を突きたてられ、新大橋からは落とされそうになった。

「ここんとこ追いかけられることもなくなって、おさまったのかと思ってたのですが、またぞろ狙われ出したみたいで」

「誰に？」

「わからないんです」

「襲われたんだろ？」

「店からもどると家の前にいて、襲われそうになったのを、とぼけて通り過ぎたんです。名前を訊かれて、違うと答えたんですが、そうだと言ったら間違いなく斬られていたと思います」

「武士か？」

「浪人者のようでした」

三日ほどは見かけなかったが、昨夜、また来ていたのである。逃げたりすると怪しまれるので、さりげなく前を通り過ぎたのだった。

源蔵はすぐに日之助の家に行って訳を話した。

日之助が見に行ったときには、その男はいなくなっていた。

昨夜は念のため、日之助の家に泊めてもらっていた。

「もっと早く言えよ」

と、星川は言った。

「こんなに忙しいときに迷惑かけるのも、なんかためらってしまいましてね」

源蔵は殊勝なことを言った。

「このあいだの、夜中にやって来た連中と関係あるのかな？」

星川は腕組みして考え込んだ。

星川が刀を抜いて対峙《たいじ》した連中のことである。

「いや、それはねえと思います。あっしはあっしの理由で襲われてるのでしょう」

「おめえの理由といったら……」

「瓦版しかねえでしょう」

「あるいは、そこらで喧嘩したとか、女を取り合ったとか」

「喧嘩はこの前、若い芸人たちに殴られました。こっちはやられっぱなしですから、向こうはすっきりしたでしょう。女のほうは、取り合ったというより、いちばんの恋敵は、星川さんと日之さんじゃねえですか」

源蔵がそう言うと、調理場にいた小鈴がこちらを見た。

母親のおこうが多くの客に好かれていたことは、話からわかっているはずである。

だが、この三人が本気で惚れていたことは、小鈴には誰も言っていないのだ。

「訳はともかく、当面、危険のかわし方を伝授してもらえたらと思いましてね」

「まずは、できるだけ一人にはならねえことだな」

星川も手助けはしてやりたい。だが、まだ右手が痛い。刀を抜くことすら難しい。

そんなところに遭遇しても、とても源蔵を助けるのは難しいかもしれない。

「昼間も現われるのかい？」

「昼は見ませんね」

「とすると、顔は見られたくないんだろうな」

そこらを考えると、無鉄砲なヤクザの動きではない気がする。

「夜は気をつけて、しばらくわたしのところに泊まり込んだほうがいいですよ」

日之助がそう言うと、

「そうさせてもらいいな」

星川も賛成した。

だが、源蔵は不満げである。

「逃げまわっているわけにはいかねえでしょう」

「だろうな。まずは、なんで狙われているのかを知らないことには話にならねえな」

「ええ」

「瓦版は取ってあるのかい?」

「もちろんですよ。あっしのこれまでの人生ですから」

「それを当たるしかねえだろうな」

星川がそう言ったとき、小鈴が土鍋を持ってきて、

「これでやってみましょう」

と、自信ありげに言った。

その客が入り口の前に立ったときには、店の中はすでに十人を超える客でいっぱいだった。

初めての客ではない。

大きな荷物、というよりつづらを背負っていて、源蔵はそれで覚えていた。焼ける前からときどき来ていた。

ただ、源蔵が最初に見たときは、つづらなんか背負っていなかった気がする。つづら付きで来るようになったのは、いつごろからだったか。

店の真ん中にいた源蔵と目が合うと、その客は断わられるのかというような心配そうな顔をした。

「火鉢のまわりはいっぱいだが、端っこのほうには座れますぜ」

と、源蔵が声をかけた。

「あ、かまわないよ」

客は中に入ってきて、背負っていたつづらを壁の前に下ろした。

「酒と、肴はなにがあるかな」

と、客は向こうにある火鉢の上の鍋を見た。ちょっとぐつぐつ煮えはじめ、いい匂いはこっちにも流れてきている。

「あれは鍋なんですが、火鉢の近くで食べてもらうんで」

「火鉢の近くに座らないと食べられないのかい？」

「そういうわけじゃねえんで。できあがったやつをここに持ってくることもできますぜ」

「じゃあ、あの鍋はうまそうだ」

「へい。田舎鍋一丁」

と、源蔵は調理場の小鈴に言った。

「田舎鍋っていうの？」

「まあね」

さっき、みんなで適当につけた名前である。源蔵は「小鈴鍋にしよう」と強硬に主張したが、小鈴が嫌だと、首を縦に振らなかった。

源蔵が燗をした酒を先に持ってくると、

「火事のあと、再建したんだね？」

と、つづらの客は訊いた。

「そうなんで」

「この前、通りかかったとき、おこうさんは亡くなったと聞いたけど」

「ええ。あっしなど、いまでも信じられませんよ」

「でも、再建して喜んでいるでしょう」

「そう言ってもらえると、あっしらもやり甲斐《がい》があるってもんでね」

こうした古いなじみ客には、あそこにいるのはおこうの娘だと教えてあげたいが、小鈴はそう長くはおらず、いなくなってしまうかもしれないのだ。

そのとき、また、それを訊かれるとつらい思いをすることになりそうで、源蔵は言わないでいる。

小鈴ができあがった田舎鍋を持ってきた。

こぶりの土鍋に、いわしのすり身を団子にしたもの、豆腐、ねぎ、ごぼう、だいこん、白菜が入って、しょう油味で煮込んである。

「七味をたっぷりかけて食べてみてください」

「こりゃあ、寒いときにはぴったりだ」

と、つづらの客はいわしの団子をふうふういいながら口にすると、

「うん、うまい」

大きくうなずいた。

小鈴は嬉しそうに笑い、つづらを指差して、

「雀《すずめ》のお宿にでも行ってきたの？」

と、訊いた。

「え？」

客は、ぎょっとしたような顔をした。

「いや、ほら、舌切り雀の爺《じい》さんと婆《ばあ》さんの話。欲張り婆さんは雀から大きなつづらをもらったけど、中は蛇やらムカデやら化け物ばかりだったたって」

「あ、そうだった」

「これはそこまで大きくはないけど、爺さんほどつつましくもないよね」

そう言いながら、小鈴は空いた銚子を片づけようとして、まだ熱い土鍋に触ってしまった。

「あちっ」

「大丈夫かい？」

「うん。たいしたことない」

だが、手の甲をやけどしてしまった。

「いいものがあるよ。これを使いな」

と、客がつづらを開け、中からはまぐりの貝殻に詰めた膏薬《こうやく》を出した。

「つけておけば治りが早いよ。これくらいなら明日には治ってる」

「薬屋さん？」

「いや、全然ちがうよ」

「このつづらは、商売道具でしょ？」

「まるで関係ないんだ。おれは位牌《いはい》師さ」

「位牌師って、あの拝む位牌？」

「そう。あれをつくる職人さ。まだ独立したばっかりで、親方のところから仕事を回してもらったりしてるけどね」

見栄《みえ》っ張りではないらしく、そんなことまで言った。

「名前は？」

と、小鈴は軽い調子で訊いた。

小鈴は相手にもよるが、客にまるで友だちみたいに話しかけたりする。この手の商売は初めてではないらしく、その馴れによるものなのか。ずいぶんざっかけない店で働いていたのかもしれない。

「又次郎《またじろう》っていうのさ」

「歳は？」

「三十三だよ」

「じゃあ、日之さんとそう変わりはないのか」

と、小鈴は調理場にいる日之助を見た。

店の中がふっと暗くなった。入口近くに置いたほうのろうそくが消えたのだ。ただ、四本あるうちの一本だから、真っ暗になったわけではない。

「あれ、ろうそくを切らしてるな」

棚を探していた日之助が言った。

「あ、ろうそくなら持ってるよ。今度、来たとき、返してくれたらいいさ」

と、又次郎はまたもやつづらの中からろうそくを三本ほど出してくれた。

「なんでそんなもの持ってるんですかい？」

と、近くにいた源蔵が訊いた。

「こうやって、咄嗟のときに出せば、人に感謝されるだろ。それが嬉しいのさ」

「そりゃあご立派な考えだ」

とは言ったが、どうしても皮肉っぽくなる。

「そういえば……」

と、源蔵は思い出した。おこうが台にでっぱりがあって邪魔になるというようなことを言ったとき、又次郎がつづらからのこぎりを取り出したことがあった。

「のこぎりも入ってましたね？」

「ええ」

「大工でもねえのに？」

「でも、きっと使うときがあるんだよ」

「ほかになにがあるんですかい？」

「いろいろね」

言いたくなさそうである。

出すときにも、中が見えないように、蓋で隠しながら取り出していた。

「まさか、枕はねえでしょ？」

源蔵がからかうように訊いた。

「枕？　あるよ」

「えっ、枕まで持って歩いてんの！」

これには源蔵も驚いた。

「座布団はあるの？」

と、小鈴が訊いた。

「あ、座布団はないね」

「ないのもあるんだ」

「そりゃあるよ」

客の一人がわきからのぞこうとしたら、

「やめてくれよ」

と、本気の顔で怒った。

それ以上はつづらのことに触れにくくなり、源蔵も小鈴も、ほかの客との話のほうに加わった。

この晩は、客の入れ替わりがすくなく、皆、長っ尻になった。

店が閉まるまぎわ——。

出ようとした客が、

「おい、雨が降ってきやがった」

見ると、かなり雨脚は激しい。

「家はどこですかい？」

と、源蔵が又次郎に訊いた。

「新網町さ」

坂を下って、すこし左に行ったあたりである。

「あっちの三人連れが芝のほうから来てるんだが、あいにく予備の傘が二本しかねえんですよ」

「いや、おれはいらないよ。大丈夫だ」

「まさか、傘は持ってねえでしょ？」

つづらには入りそうもない。

「いいんだ。油紙の大きなやつがあるから濡れずに帰れるよ」

「なるほど、油紙！　ほんとになんでも持って歩いてるんですねえ」

源蔵は呆れて、小鈴と顔を見合わせた。

客がいなくなると、又次郎のことが話題になった。

「感謝されると嬉しいからと言ってたが、ほんとにそれだけかね？」

源蔵は首をかしげている。

「泥棒じゃねえのか」

と、星川が酔った口調で言った。

「そうでしょ。それを疑りたくなりますよね」

源蔵はうなずいた。

「あんな気弱で、善良そうな顔をしてるのに？」

と、小鈴が異議を唱えた。

「ところが、小鈴ちゃん。顔じゃわからねえんだ」

星川が笑いながら言った。

「そうなんですか？」

「ひどいことをやったあとだと、わかりやすくなる。気が立っちまってるからな。

でも、やる前の顔はわからねえ。気弱で善良そうな人殺しなんざ、いくらも見てきたぜ」

町方の同心をしていた星川の言葉は重みがある。

「そうですね。見た目と性格ってずいぶん違ったりしますよね」

と、小鈴もうなずいた。

日之助は調理場で皿を洗いながら、三人の話を聞き、

――いや、泥棒じゃねえ。

と、思っていた。

それは勘である。

自分は金に困って、金が欲しくて泥棒をしているわけではない。だが、後ろめたさなどがある。こんなことをしていたら、いつか捕まるだろうという不安もある。

あいつには、そういうものを感じないのだ。

盗みには一方で、

「あんたもいっぺんやってみなよ」

と言いたいくらいの快感もある。

又次郎にはそういったものも窺《うかが》えない。だから、泥棒では絶対にない。

——また、やりたい……。

日之助は自分の気持ちに気がつくたびうんざりする。なんという悪癖なのか。

岡っ引きの清八のことは聞いた。紅蜘蛛小僧を捕まえるのが最後の望みだったと。

しかも、星川が死んだ清八に、それをかなえてやると誓ったらしい。

そんな話を聞いてもなお、気持ちの歯止めにはならない。

なおさら、したくなっている。どういう気持ちなのだろう。

もちろん、止める自分もいる。

あんな危ないことをしていたら、いつかかならずお縄になるときがくる。自分は獄門にさらされたいのか、人の心には自分でも気づかない欲望がひそんでいるのだろうか。

小鈴のあの占いみたいなやつをやってもらうと、自分の気持ちをのぞくことができるのかもしれない。だが、動揺するところを店の人たちに見られたくはない。

自分でやってみてもわかるのか。

だが、それだとあらかじめ自分の気持ちに蓋をしてしまうような気もする。

——どうしたらいい……。

日之助は三人の話を聞きながら、緊張のあまり、額に脂汗をかいている。

二

ちあきと、湯屋の出もどり娘が、

「つづらの又次郎」

と、綽名をつけた。又次郎は忙しかった仕事が一段落したらしく、昨日まで三日つづけて来ていた。そのうちの二日はちあきたちもいっしょになり、あのつづらに興味津々となったのである。

今宵も来るかもしれない。

ちあきと湯屋の出もどり娘は、もう一人、座れる席を確保して、つづらの又次郎が来るのを待っている。

近くに火鉢がある。田舎鍋があまりにも好評で、火鉢を一つ増やしたのだ。

「あたし、昨夜、寝る前に思ったんだけどさ、もしかしたら、あのつづらに人でも入ってんじゃないの？」

と、ちあきが言った。

「あ、それ、面白い」

湯屋の娘が手を叩いた。

「大好きな女をいつもかついで歩いてるんだよ。浮気されないように」

「又次郎さん、嫉妬《しっと》深いのかね」

「そんな感じしない？」

「する」

「でも、そんなに重そうには見えないんだよね」

「まだ五歳くらいで、これからいい女に育てるんじゃないの」

「きゃっはっは」

女二人のくだらない騒ぎっぷりを聞いて、源蔵が言った。

「お前ら、ほんとはつづらの中より、又次郎本人に興味があるんじゃねえのか？」

「え？」

ちあきと湯屋の娘は顔を見合わせた。

「あいつ、よく見るといい男だし、どこか頼りない感じが、けっこう女ごころをくすぐるものなんだよな」

「あ、言われるまで気がつかなかったけど、ほんとだ」

湯屋の娘が嬉しそうに笑った。

店を開けて一刻《いっとき》ほどして――。

又次郎は今宵もやって来た。つづらもちゃんと背負っている。

ちあきと湯屋の娘は、店を開けてからすぐに来ていたので、もうかなり酔っている。

「あ、つづらの又次郎さん。ここ空いてるよ」

と、照れもせず、自分たちの前に座らせた。

又次郎も女二人から誘われて、まんざらでもなさそうである。

「つづらの中身、秘密なんでしょ？」

と、ちあきが訊いた。

「ああ」

「つまりは、そこに又次郎さんの心の秘密が入ってるってことだよね」

「そうかもしれねえ」

又次郎は真面目な顔でうなずいた。

「ねえ、小鈴ちゃん」

ちあきが小鈴を呼んだ。

「なあに？」

「この人に、あれをやってみてよ。この前のやつ」

「ああ、あれね」

そんなやりとりに、

「なんだい、あれって？」

と、又次郎も興味を示した。

「自分をいちばん苦しめているものを知る方法があるんだよ」

小鈴は又次郎の前に座った。

「へえ。どうやって？」

「やってみたい？」

「まあね」

「まず、最初の言葉を決めるの。それはなんでもいい。酒でも、猫でも、つづらでも」

「それで？」

「そこから思い出す言葉を言うの。それで、その言葉をどんどんたどっていく。すると、かならず自分がいちばん言いたくない言葉や場面にたどり着くんだよ。それが又次郎さんの心の傷なの」

「なんにしよう。急に言われても困るね」

「じゃあ、鍋から始めようか？」

と、小鈴が提案した。

「鍋ねえ」

又次郎は考え込んだ。

ちあきや湯屋の出もどり娘も注目している。

「七輪かな」

「なるほどね。七輪から思い浮かべるのは？」

「炭」

「うん。次は？」

「雪だるま」

又次郎がそう言うと、ちあきが小声で、

「ああ、炭を眉毛にするよね」

と言った。

小鈴が訊いた。

「雪だるまというと？」

「丸い」

「うん」

「車輪……大八車《だいはちぐるま》……」

そこで詰まった。

「なんか、嫌なことを思い出した気がする」

「別に言わなくていいんだよ」

と小鈴が言うと、

「言っちゃったほうがいいよ」

「すっきりするよ」

ちあきと湯屋の娘が言った。

「おれはつぶされるのが恐いみたいだ」

「つぶされる?」

小鈴が目を大きく開けた。

「まだ、おれが七つくらいのときかな。三つ上だった兄貴が大八車で押しつぶされて死んだんだ」

「ああ、そう」

女たちは、自分たちもその光景を見たように、口を押さえ、絶句した。

「見なかったつもりでも見てたんだな、おれ」

つらそうに、酒をぐいっと空けた。

しばらくは誰も口を開こうとしなかったが、

「心の傷はわかったけど、それとつづらを持ち歩くのは関係ないみたいね」

と、小鈴が言った。

「いや、ある。そうか、だからなのか」

又次郎はなにか自分自身の気持ちについて納得したらしい。

「ねえ、教えてよ」

と、ちあきが頼んだ。

「いや、それは教えないよ。ううむ。そうか、そうだったのか」

何度もうなずいていた。


女たちも追及を諦《あきら》め、又次郎もゆっくり三合ほど飲んで、そろそろ引き上げようというころだった。

どーん。

と、下から突き上げてきたものがあった。

「あ、地震だ」

客の誰かが大きな声で言った。

大地が蠢動《しゅんどう》していた。

縦に二、三度、放り投げられるような体感を覚えたと思ったら、今度は大きく横に揺さぶられはじめた。ゆっさゆっさと家が大きく動く。

「お、でかいぜ」

「ここは大丈夫だ。頑丈なつくりにしたんだ。崩れるなんてこたぁねえぜ」

と、源蔵は落ち着いた口調で言った。

だが、客は動揺しはじめている。

「長いな」

一人が堪《こら》え切れないというふうに外に出た。

「逃げろ」

日之助も小鈴の手を引いて、外に出た。

「あ、火鉢を出さないと、火事になる」

小鈴が日之助の手を払って、手前にあった火鉢を取りにもどった。

日之助も奥に飛び込み、両手に火鉢を一つずつ持って逃げ出してくる。

ほとんどの者が外に出た。

そのころになって、ようやく揺れはおさまってきた。

「凄かったな」

「大きかったね」

皆で顔を見合わせる。

出ていないのは、さっき太鼓判を押した手前、出るに出られなくなったらしい源蔵。酔っ払って、自分のほうが揺れていた星川。それと又次郎の三人だけだった。

「もう、大丈夫だろう」

客の誰かがそう言うと、皆、ぞろぞろと中に入った。

又次郎は落ち着いたようすで酒を飲んでいる。

「よく逃げずにいられたね?」

と、小鈴が訊いた。

「うん。さっき、月を見たら、赤くなっていなかったからね」

「月が赤く?」

「ま、たとえ来たとしても、おれは大丈夫なんだ」

と、ちらりとつづらを見た。

「でも、さっき、つぶされるのが恐いって言ってたよね。だったら、地震なんかとくに恐いんじゃないの?」

と、湯屋の出もどりが訊いた。

「ああ、恐かったよ」

「恐かった?」

湯屋の出もどりとちあきは顔を見合わせた。

「地震だけじゃない。火事で焼けた家が崩れてくるのとか、いっせいに人が走り出して、それにつぶされるのとか、そういう災害みたいなものや、天変地異とかがものすごく恐かった」

「それはさっき言った理由で?」

と、ちあきが訊いた。

「うん。兄貴のことがあったからなんだな」

「でも、恐かったということは……?」

「そう。いまは恐くないいんだ」

「どうして?」

「地震では死なないとわかっているからだよ」

変に決然とした言い方で、女たちもそれ以上突っ込むのは、はばかられたらしかった。

今宵も店仕舞いのときがやって来た。

三人は小鈴の安全をたしかめ、それぞれの帰途に就く。

狙われている源蔵は――。

日之助に見てきてもらい、待ち伏せしている者がいなかったら、家にもどる。そういうことにした。

家の中に入っても、心張棒《しんばりぼう》だけでは不安なので、戸口の前に畳を二枚はずして立てかけたり、水甕《みずがめ》を置いたり、いろんなことをしている。

そうやったうえで、自分がつくった瓦版の見直しを始めている。

これが面白いのだ。自分で書いたものなのに、もう忘れている記事がいっぱいある。

最初に襲われたのは、三月ほど前だった。

ああいう連中は動きが早いが、人づてに聞いていたり、源蔵の身元を突きとめるのに日にちがかかったりしたかもしれない。とすると、三月前からさかのぼって、とりあえず三カ月分を当たってみることにしよう――というので調べている。

三カ月のあいだに二十五枚も出した。

これは多い。ふつうはひと月に三、四枚といったところである。よく売れたので、次々に出したこともあるが、なによりもおこうに読んでもらいたくて、頑張って書いたからだろう。

「源蔵さん。これ、ほんとのこと？」

と、面白そうに、だが、疑わしそうに源蔵を見た顔は忘れられない。

この三カ月分には、詐欺の話が多かった。三枚ある。

源蔵自身、詐欺の話が好きなのかもしれない。血は見ないですむ。しかも、ひねりがあったり、人の盲点を狙っていたりして、手口に感心させられたりする。そのくせ、自分ではこの前みたいに釜三郎《かまさぶろう》のかんたんな詐欺にも引っかかったりするのだ。

この三つの詐欺のうちの一つは、贋《にせ》医者の話だった。

だいたい、医者になるのになんの身分も資格もいらない。看板さえあげれば、誰でも医者になれる。あとは患者の評判だけが頼りという商売である。

ただ、こいつは変わった嘘《うそ》をついた。

「人魂病《ひとだま》」

という変な流行《はや》りやまいをでっちあげ、それにかかっているとやるのだ。

「夜、人魂が鼻の穴から入り込んでかかる病気で、墓場近くに住む者に増えている。症状が進むと、人の抜けがらみたいになってしまう恐ろしい病気だが、最初はまず目が弱くなるのが特徴だ。明るいところから暗い家の中に入ったとき、なにも見えなくなったりすることはないだろうな？」

だいたいそんなものは誰でもなる。

ところが、勿体《もったい》ぶった口調でやられると、

「あ、あたしも……」

と、なってしまう。

それで、そこらの葉っぱを乾かしただけのものを、特効薬と偽られ、高い値で売りつけられるというわけである。

この人魂病が、下谷の山伏町で蔓延《まんえん》したてんまつを、面白おかしく書いたのである。

「こりゃあ、面白い騒ぎだったよな」

源蔵は自分で書いたこの記事を、狙われていることも忘れて読みふけったのだった。

三

一日置いて、又次郎は店に飲みに来た。もちろんつづらは背負っている。まだ、のれんを出したばかりで、最初の客である。

「ねえ。あたし、つづらの中身、わかったよ」

酒を運んできた小鈴が言った。

「へえ」

「いままで又次郎さんが取り出したのは、ろうそくがあったでしょ。それと、のこぎり、膏薬、油紙、枕。こんなところかな」

「それで？」

「夜、明かりが無くなると困るよね。もし、家を無くし、深夜にさまよい歩くことになったとき、まず、明かりがいちばん欲しいよ」

「そうだな」

「もし、家が倒れたりして、人が下敷きになっていたりする。そのとき、のこぎりがあったら、すごく助かるよね。邪魔な木とかを切ったりできるから」

「うん」

「逃げまどったりするときは、怪我《けが》をしたりする。そのとき、膏薬があったらいいよね」

「ああ」

「油紙は雨のときも役立つけど、濡れたら困るものを包んでおくときも欠かせないよね」

「いろいろ役に立つさ」

「枕はちょっと変だけど、枕が変わると眠れないって人はいる。どこでもぐっすり眠るためには大事なものかもしれない」

「そうだよ」

「つまり、つづらの中身は、なにか大災害が起きたときに避難をするためのものなんだね。これさえあれば、なにが起きても大丈夫ってものなんだ」

「よくわかったね」

又次郎は感心した。

「なにかを予感しているの？」

「おれじゃないけど、そういうことがよくわかる人がね」

「一昨日、赤い月がどうこうって言ってたよね？」

「赤い月のときに起こる地震が、江戸の八割の家々をつぶし、そのあと火事が出て、地上は火の海になるぜ」

「その、よくわかるって人が言ったの？」

「ああ」

「易者なの？」

「予言はするけど易者じゃないよ」

「ふうん」

「あまり、人に言っては駄目だって言われてるんだ。世の中には、生き延びないほうがいい人間もいたりするんでね」

「そういうもんかね」

小鈴は不満げに首を傾けた。

「でも、小鈴ちゃんには助かってもらいたいから、そんなときが来たらすぐに教えにくるよ。なんとなく、おこうさんに似ているから」

「つぶされる恐さから、その予言する人が救ってくれたってわけか」

「兄貴が大八車に押しつぶされて死んだだろ。だから人一倍、その恐怖が強いんだ。でも、つぶされる恐さだけじゃない。おれ、毎日、位牌をつくってるだろ。一生懸命つくってんだ。でも、人は誰でもそう遠くなく、こんな板っきれ一枚になっちまうんだと思うと、いろんなことが空《むな》しくなるんだよ」

「なるほどね」

「でも、その人は板っきれ一枚になるんじゃないと教えてくれたのさ」

「どういうこと？」

「位牌は亡くなった人を思い出すためのきっかけで、それはそれで大事なものなんだって」

「そうかもね」

「おれはその人からいろんなことを教わったよ……」

又次郎はしみじみとした口調でそう言って、

「近々、連れてくるよ」

誇らしげな顔で小鈴を見た。

又次郎は、まだちあきや湯屋の娘など、常連組が来る前に、早々と帰っていった。

見送った小鈴は、銚子や皿を片づけながら、さっきの又次郎の言葉の中に、ひどく気になる言葉があったことを思い出した。

——江戸が火の海に……。

家々が崩れ落ち、人々が駆けている。なにか叫びながら。

向こうでもこっちでも火の手は上がっている。

そんな光景は昔から、瞼《まぶた》の裏にあった気がする。

地震とは違う。理由はそれではない。

いったい、いつ、そんな光景が瞼の裏に刻みつけられたのだろう。

——子どものころ？　母さんがしてくれた話？

母はきれいな人だった。やさしかったし、寂しい気持ちになったときは、ぎゅっと抱きしめてくれたりもした。小鈴は母に憧《あこが》れてさえいた。

まさか、自分を捨てていなくなるとは、夢にも思わなかった。

裏切られたという気持ちが憎しみをつのらせたのかもしれない。

いつか会うときがあれば、さんざんにののしってやるつもりだった。

――まさか、死んでしまっていたとは……。

振り上げたこぶしの持っていく先がなくなった。手持ち無沙汰《ぶさた》のような、寄る辺ない気持ち。

十年近く持ちつづけてきた怒りや憎しみを、どこに持っていったらいいのだろう。

もしかしたら、江戸の町を焼きつくす光景は、自分の心そのものなのかもしれない――と、小鈴は思った。


星川は壁にもたれ、うつろな目で店のようすを見ていた。

このところ、こうやってぼんやりすることが多い。昼間、酒を飲まないときも、店の外に樽を持ち出し、それに座って通りをぼんやり眺めたりしている。

気力。活力。この世への興味……。

そういったものが失われつつある気がする。

手を見た。右手はまだ痛い。すこしは薄らいだ気がするが、とても刀を振り回すまでは回復していない。

この程度の筋の痛みは、若いころは数日で回復していただろう。ちょっときつく布を巻いてやれば、刀だって持つことができたのではないか。

おこうに似た小鈴が一生懸命、店を切り盛りしている。

やさしげな顔をしているのに、なかなか向こうっ気が強い。

いまも客と喧嘩をしているらしい。

職人の二人連れ。さっきから兄貴分が弟分をなじっていた。

星川の目にも、鍛えるというより、憎くて文句を言っているように見えた。しかし、客同士の話である。文句を言う筋合いではない。

だが、小鈴はうっちゃっておくことができなかったらしい。

嫌そうに見ていたが、ついに、

「おい、しつこいよ」

と、言った。

「なんだと」

「苛《いじ》めてんじゃねえよ」

男のような口ぶりである。江戸の町人の娘たちは、たいがい言葉づかいは乱暴なのだが、小鈴のは胆《きも》が据わった感じがする。

「苛めだと」

「そうだよ」

「馬鹿言え。おれはこいつを伸ばしてやろうと思って言ってたんだよ」

「へっ。そんなことしつこく言われたって、人は伸びないよ」

「おれだって、こうやって親方に鍛えられてきたんだ」

「だから、そうやっておとうと弟子を苛めるような、腐った根性になったんだろうが」

「なに」

「言いたいことがあったんだったら、親方に言え。さんざん我慢して、いまごろおとうと弟子に八つ当たりしてんなよ。男のくせに」

言ってる相手は、なかなか物騒な面構えである。それに嚙《か》みつくところはたいしたものである。

「お前なら言えんのかよ。親方に。女なら女将さんに」

「言ったよ。だから、同じところで長つづきできねえんだよ」

「…………」

男は小鈴の勢いに負けた。

星川はそんなようすににんまりした。

女だてらに店をやっていれば、かならずろくでもない客がいついたり、あぶない感じになったりする。

——おこうさんはそんなとき、どうしていたのだろう……。

もちろん自分たちがいたら、助けてあげただろう。

だが、三人の誰もいないときだってあったはずである。

——なにか身を守るすべがあったのだろうか。

やはり、自分たちは知らない旦那のような存在があったのだろうか。

そんなことをぼんやり考えながら、また酒を頼んだ。

「星川さん。それで五合目ですぜ」

と、源蔵が心配そうに言った。

「ああ、そろそろやめるよ」

「ほんとですね」

「源蔵。おいらはしつこく説教されるのは嫌いなんだ」

自分で銚子を取ろうと立ち上がると、足元が大きくふらついた。

四

何日か経って——。

まだ昼前である。

小鈴は朝、早く起きて、いろいろな雑事をこなす。洗濯もやるし、犬猫の世話もする。それが済んだら、湯屋に行き、髪結いにも寄る。こういう仕事だから、毎日のおしゃれは大事である。店ではそういうお金もちゃんと出してくれる。

髪結いからもどり、かんたんな昼飯を取ろうと、茶漬け用の湯をわかしはじめたときである。

「小鈴ちゃん」

と、戸が開いた。ももが、威嚇《いかく》するように吠《ほ》えた。

光の中に、男の影が二つ並んでいる。小鈴は目を細めた。

一人はつづらを背負っていた。

「あら、又次郎さん」

「この前、話しただろ。おれがいろいろ教えを受けている……」

「ああ、うん」

「小鈴ちゃん。この方だよ。天仏子《てんぶつし》先生だ」

「天ぶし？」

「天仏。わたしに見える御仏《みほとけ》は、寺にある姿とはちと違うので、天仏さまとお呼びしているのじゃ」

と、連れの男が中に入ってきて言った。

ずいぶんな老人らしく、足元もおぼつかない。右手で杖《つえ》をつき、左手は又次郎の肩に置いている。

「はあ」

「それに子がつくのは、わしが天仏さまと人間の女のあいだにできた子だからじや」

「仏さまと人間の女のあいだに」

小鈴はあっ気に取られたような顔をした。

「信じられないだろ。おれも最初はそうだった。でも、だんだんわかるよ」

「………」

又次郎の目が据わったような感じになっている。

「先生を中心にした三十人ほどの集まりがあるんだ。雀のお宿っていう名前なんだけどね」

「ああ……」

最初につづらを背負ってきた又次郎に、「雀のお宿にでも行ってきたの？」と訊いたとき、ぎょっとしたような顔をした。それは、集まりの名といっしょだったからなのだ。

「ほんとはおこうさんと会わせたかったんだよ」

「あ、そうなの」

「前の女将さんのことは知ってる？」

「いや、あんまり」

と、小鈴は首を横に振った。この又次郎は自分がおこうの娘だというのを知らないのだ。客同士で話をする人たちには伝わっているが、又次郎はほかの客とはふだんあまり話をせず、一人で静かに飲んでいる。

「もっと早く先生を連れてきていたら、おこうさんも火事になんか遭わなくてすんだし、助かっていたのに」

又次郎は無念そうに言った。

「まったくだ。もっとも、その火事は逃れられても、江戸を焼きつくす大火は近々起きるのだがな」

天仏子が言った。

「そんな大きな火事は起きますか？」

と、小鈴は訊いた。

「むろん、起きる」

「江戸が火の海になるのですか？」

「うむ。火の海になるが、そんなことはたいしたことではない」

のか。

「まあ」

江戸が火の海になるのがたいしたことでなくて、いったいなにがたいしたことなのか。

「まもなく月が割れるだろう」

と、天仏子先生は天井を指差した。

「月が？」

「そのとき、月のかけらが落ちてきて、大災害が起きる。そこをなんとか生き残った者が、安らかになった地上で、豊かに何百年もの命を得ることになるだろう」

天仏子がそう言うと、わきで又次郎が嬉しそうにうなずいた。

「まさか、金が欲しいなどと思ってないだろうな？」

「え？」

正直欲しいと思っている。家を出てから、貧しい思いばかりしてきた。金があればどれだけ助かったか。

「金などは無駄だぞ」

天仏子はきっぱりといった。

本当はそうなのである。それはたぶん真実なのだ。ただ、小鈴はそれがあまりにも足りなかった。

「どうだい、小鈴ちゃん。今度、おれたちの集まりに顔を出してみないかい？」

と、又次郎が言った。

「集まりに……」

小鈴は興味を覚えた。月が割れるなどということはあまり信じたくないが、金など無駄だと言い切れる人たちの集まりなら、出てみたい気持ちもあった。

「ちょっとだけなら……」

と、言いかけたときだった。

「やめときな、小鈴ちゃん」

戸口のところで声がした。

源蔵が笑いながら立っていた。しょう油樽を一つ抱えている。足りなくなってきたので、明日、買ってくると言っていた。

「今度は何、始めたんだ？　医者はやめたのかい。あれは面白かったのにな。人魂病は」

「あ、瓦版屋」

「みんな、だまされるなよ。こいつはただの詐欺師だ。夏前あたりは、下谷で医者をやってた男なんだ、な」

そう言いながら、源蔵は近づいてきた。

すると、天仏子は意外な反応を示した。すばやく源蔵のわきをすり抜けると、たちまち店を飛び出した。

「あ、先生」

又次郎があとを追い、小鈴も外に出た。

ところが、又次郎も小鈴も、天仏子に追いつくことはとてもできなかった。脱兎《だっと》のごとく一本松坂を駆け下りていく。恐ろしく足が速い。

「嘘だろ」

又次郎は啞然《あぜん》として、その後ろ姿を眺めていた。

「あいつ、ずいぶん年寄りであるみたいなこと言ってただろ?」

と、源蔵が又次郎に訊いた。

「ええ。去年、八十になったとか。でも、天仏さまのおかげで若く、元気でいられるのだと」

又次郎はうつむいたまま、力のない声で答えた。

「だいたい、それからして嘘なんだ。野郎の得意技だよ。年寄りはだまさないと、誰もが思ってしまう。じつはまだ四十ちょっとくらいで、おれとそう変わらない歳だぜ」

「え」

「四十も上にさばをよんでいやがる」

「そうなの」

小鈴もびっくりである。

「まさか天仏子さまが、詐欺師だったなんて」

又次郎は大きくため息をついた。

「がっかりする気持ちはわかるけど」

小鈴も慰めようもない。

「こんなつづらを毎日、背負って歩いてたなんて、馬鹿みたいだ」

と、又次郎はつづらを足で蹴った。

「ほんとに役立つことだってあるかもしれないよ」

「慰めてくれなくていいよ」

慰めではない。こういうものが一つ、店に備えてあったら、いざというとき、ずいぶん役に立ってくれるのではないか。

――なんなら源蔵さんに頼んで買い取ってもらってもいい……。

と、小鈴は思っていた。

五

この日も店は繁盛して、のれんを下ろした。

源蔵は、日之助と途中までいっしょに来て、待ち伏せしている者もいないとわかると、家に入った。

幸い、長屋のいちばん奥にあり、ここは宵っぱりの家も数軒あって、曲者《くせもの》も入ってきにくいに違いない。

だが、警戒は怠らない。

入口を頑丈にしただけでなく、若いころ、喧嘩のときに革の肌着を身につけたのを思い出し、急いで同じようなものをつくって、着物の下に着るようにした。刀のかすり傷などはかなり防いでくれるはずである。

また、小刀ほどの長さの木刀も持ち歩いている。これは刀で襲われたとき、どれほど役立つかは心もとないが、ぶつけて逃げる隙をつかむくらいには役立ってくれるだろう。

あんどんに火を入れ、瓦版を広げる。

昨日までは詐欺の話が気になっていた。

瓦版に取り上げた詐欺の下手人が、また、新たな詐欺を計画していて、過去の事件を知る者が邪魔になったのではないか——そんなことも思っていた。

だが、詐欺師などがここまでしつこく、荒っぽいことまでやるとは考えにくい気がしてきた。

——やはり、別の筋かもしれない……。

そんなことを思いながらめくっていくと、一枚の瓦版が気になり出した。それは、

「大塩平八郎《おおしおへいはちろう》の幽霊」

と、題したものである。

いまから四カ月ほど前に売ったものだが、売れ行きは悪かった。売れ行きがいいと、刷り増しなどもするが、これはまったくなかった。それどころか、大量に売れ残って焼いた分も多かった。

だいたい、江戸っ子は大塩平八郎などといっても、ほとんどの者が知らなかった。武士であれば聞き及んでいる者もいたのだろうが、町人のあいだでは知られていなかった。

面白い人物なのである。

大坂町奉行所の与力《よりき》だった。つねづね官僚の不正に厳しい人物として、町人たちの人気も高かった。

与力の職は倅《せがれ》にゆずって隠居していたのだが、腐敗に抗議するため学問の弟子たちとともに蜂起《ほうき》した。米価高騰になんら手を打とうとしない町奉行の跡部良弼《あとべよしすけ》を討ち取ろうとしたらしい。

また、この跡部良弼というのがやっかいな男だった。いまをときめく老中水野《みずの》忠《ただ》邦《くに》の実弟なのである。水野忠邦は四年ほど前に老中の一人となったが、着々と力をつけ、いまや実質上、筆頭の力を持っていると言われる。

そんな兄の後ろ盾があるのだから、跡部良弼のふんぞり返りようも並み大抵ではなかった。

大塩の蜂起が成功していたら大変なことになっただろうが、門人の密告によって失敗に終わった。大塩はその後、およそ四十日ほどの逃亡の末に自害したのだが、方法がすさまじい。爆薬を使って爆死したのだった。

このため、死体の顔が確認できなかった。

「大塩平八郎は生きている……」

大坂の町で生存説がささやかれはじめたのも、それからまもなくだった。

その大塩を江戸で見かけた者がいる――源蔵は両国の飲み屋でそんな噂《うわさ》を耳にしたのである。

何人か訊いてまわるうち、見かけたという者に直接、話を聞くこともできた。

その男は大坂に本店がある酒問屋の江戸店の手代で、大坂にいたころ、与力をしていた大塩とは何度か話をしたこともあった。

「あれは、大塩さまに間違いないですね」

「でも、ひさしぶりだったんだろう？」

と、源蔵は訊いた。

与力をしていたのは七、八年ほど前だという。それから比べたら、ずいぶん面変わりもしただろうし、ましてやおよそ四十日の逃亡生活も送ったのだから、家族でさえわかりにくかったりするのではないか。

「たしかに面変わりはしていました。ただ、大塩さまという方は、神経質な性格だから、絶えず眉根をきゅっきゅっと寄せる癖があるんです。あんな癖がある人は、あまり見たことはありません。それで、ぱっと大塩さまのことを思い出し、顔をじっと見ました。やっぱり大塩さまだと思いました」

「なんか言ったのかい？」

「ええ。大塩さま？　と、思わず言ってしまいました」

「すると？」

「慌てたように顔をそむけ、すうっと遠ざかっていきました。わたしは大坂での蜂起のことは聞いてましたが、自害なされたとは知らなかったのです」

「本物だと自信あるかい？」

「もちろんです。大塩さま本人でなかったら、大塩さま本人の幽霊です」

と、その男は太鼓判を押したのだった。

大塩平八郎が生きていると、そのまま書けば、面倒なことになる。それに、源蔵自身、その話を信じていなかった。

だいたい、人気のあった者が死ぬと、じつは死んでいないという伝説がかならず出てくるのだ。それが本当だったことはない。あるいは生きていたとしても、世を忍んでそおっと生きていたりする。死んでいるのとほとんど変わりがない。

——これもその類《たぐ》いだ。

と、源蔵は思った。

だが、こうした伝説を町人たちは必要としているのだ。

大塩が生きていて、官僚たちが不正を働けば、本人もしくは幽霊が忽然と現われ、悪を正してくれる——そう思いたいのだ。

思いたいことを書いてやるのも瓦版の使命である。

かくして源蔵は、瓦版で両国橋のたもとに現われた大塩平八郎を幽霊と決めつけたうえで、恨みのこもった目つきだの、江戸の町奉行所のほうを睨んでいただの、頬にはやけどの痕《あと》があっただのと、まことしやかな話をでっちあげたのだった。

——まさかな。

このときは時間がなかったので、絵も自分で描いた。それくらいできないと、瓦版屋は務まらない。ただ、やはり本物の絵師と違って、絵に迫力はない。大塩の幽霊は、借金苦で身投げした程度の怨念《おんねん》しか感じさせず、描いた源蔵ですら苦笑してしまう。

——だが、大塩がほんとうに生きていたとしたら……。

それを嫌がる筋はいるかもしれない。そして、大塩が生きていると触れまわるのを避けたがるかもしれない。

——だとしたら、おれが話を聞いた酒問屋の手代だって危ないのではないか？

その男の名や身元はわかっている。

訪ねて、無事かどうかをたしかめようと、源蔵は思った。

同じころ——。

日之助は、芝神明町の通りを歩いていた。

気に入らない店があった。

店の名は〈岡崎屋《おかざきや》〉。間口は八間（およそ十四メートル）ほど。これより大きな店は、この通りにいくらもある。

だが、この店は儲かっている。

この店のあるじの兄は、蔵前で札差《ふだ さし》をしている。日之助の父親の友だちでもある。弟のほうがここで両替商と金貸しをしていた。

兄貴の資金が大量に流れ込んできている。札差という看板を掲げていてはできないような高利貸しもこっちならできる。

その高利貸しで、莫大《ばくだい》な儲けを得ているというわけである。

あるじの金右衛門《きんえもん》とは何度も顔を合わせている。札差の会合には来ないが、町奉行がつくる懇談会でいっしょになったり、役者の襲名披露を応援する会ではともに幹事役を務めたことがあった。

金右衛門は、日之助の父親と目つきがそっくりだった。ふだんはにこやかだが、ときおりきらりと輝き、人の裏をのぞくような目になる。たぶん、考えることや世渡りの方法などがそっくりだから、目つきだの笑い方だのまで似るのだろう。

茶の湯なんぞを勿体ぶった顔つきでやるところも同じだった。侘《わ》び寂《さ》びの精神などすこしもないくせに、恰好だけつけるのはうまかった。

そういえば、それでも何度か顔を合わせた。

金右衛門は自慢の茶の道具を持っていた。

千利休《せんのりきゅう》の銘が入った茶杓《ちゃしゃく》である。

竹を削っただけの、銘がなければ耳かきにしたほうがよさそうな棒である。

これを大げさな桐《きり》の箱に入れ、さらに何人もの箱書きで勿体をつけた代物だった。

それを盗みたかった。盗んで、利休の銘を削り、塩でも足すときの匙《さじ》がわりに使ってみたかった。

そのときのことを想像したら、欲しくて仕方がなくなった。

もちろん危険な仕事になるだろう。

なにせ顔を知られているのだ。あるじだけでなく、番頭や手代にも会ったことがある者もいるかもしれない。

顔だけでなく、身体つきや声から察知されるかもしれない。

だが、そう思うとなおさら、この店に忍び込んでみたくなった。
日之助は、いまは暗くなった岡崎屋の正面を、じっと眺めていた。

第三章　出もどり

一

店を開けるとすぐから、湯屋の出もどり娘が来て飲んでいる。

いつもいっしょに来るちあきはいない。四、五日前から湯屋の二階で働き出し、身体の疲れはそうでもないが、気を使うあまりにぐったりしてしまった。そこで、今宵は早く寝ることにしたらしい。

江戸の女たちにも酒好きは少なくない。とはいっても、おおっぴらに飲み屋に出入りする若い娘は多くない。

もっとも、そこは店の雰囲気にもよるのである。

おこうの店では、女の客をからかったり、ちょっかいを出したりするような、だらしない酔っ払いはいなかった。そういう客は追い出され、出入り禁止にされた。

だから、湯屋の出もどり娘も安心して来ていられたので、ほかの店には行っていないらしい。

その雰囲気はいまも守られている。

湯屋の娘は、三本目の銚子を頼んで、

「あたし、小鈴ちゃんの例のしりとりみたいな問答を見てたら、やっぱり自分の謎はちゃんと解くべきだなって思ったよ」

と、言った。

「謎ってなに？」

小鈴は訊いた。

「あたしが出もどった理由だよ」

「自分でもわかんないの？」

「肝心のところはね」

「へえ」

小鈴は目を見開いた。隠しているわけではなく、自分でもわからなかったらしい。

「変？」

湯屋の娘が訊いた。

「自分から出たんじゃなく、向こうから言い出したの？」

小鈴が訊き返した。

「お互いからみたいなもんかな」

「そんとき、喧嘩になって悪口を言い合ったりしたんでしょ？」

「喧嘩はしてないね」

「お前はこれこれこうだから出ていってくれとか、そういう話は？」

「ま、そんなようなことは言ってたけど、それがはっきりしないんだよ」

「そりゃあ謎だね」

と、小鈴もうなずいた。

すると、近くで話を聞いていた源蔵が言った。

「おれらも湯屋の若女将には謎があるんだがね」

「なに？」

「そもそも若女将の名前を知らない」

「ああ、それ」

と、湯屋の娘は顔をしかめた。

この娘は名前を呼ばれていない。常連のほとんどがこの娘の湯屋に通っているため、「湯屋の若女将」や「湯屋の姐《ねえ》さん」「番台の姐さん」などで通ってしまっていた。

「名前くらい教えてくれよ」

「だって、言いたくないんだもの」

「言いたくないってどういうんだよ」

「自分の名前が嫌いなの。だから、それを他人からも呼ばれたくないの」

「だったら、名前を変えればいいじゃねえか」

と、源蔵が言うと、

「そうだよ」

小鈴もうなずいた。

江戸の町人たちは名前などにそう特別なこだわりはなく、引っ越しをしたり、嫁に入ったりしたとき、変えてしまう者もいた。

「でも、それもまぎらわしいかと思ってさ。子どものころから、あたしの名前を知ってる友だちもいるし。いいよ、わかったよ、言うよ。あたし、九月九日に生まれたんだって」

「それで？」

「だから、九ってつけられた」

「九か！」

源蔵は思わず笑った。

「ほおら、笑うでしょ。上に、おをつけてみな」

「おきゅう。おきゅうちゃん。面白いけど、かわいい名前だぜ」

と、源蔵が言った。

「そうだよ、かわいいよ」

小鈴もうなずいた。

「じゃあ、ここでは名前で呼んでくれていいよ」

「ここでは、かよ？」

源蔵がまた笑った。

「そう。湯屋に来たときとかは、名前で呼びかけないで」

「でも、家の者が呼んでるだろう？」

「呼ばせてないよ。若女将って皆、そう呼んでる」

「あ、ほんとだ」

と、小鈴もうなずいた。

「そういう頑《かたく》なな性格だから、出もどることになったんだろうが」

「失礼ね」

源蔵の台詞《せりふ》に、お九はぷんとそっぽを向いた。


と、そのとき――。

単衣《ひとえ》の着物におかしな革の半纏《はんてん》みたいなものをはおり、襟巻をした八十にもなろうかという老人が入ってきた。

小鈴は初めて見る顔である。

――誰？

という表情を源蔵に向けた。星川はまだ来ていない。このところ、来るのは夜もだいぶ更けてからである。また、日之助は用事があるので、仕込みだけすると、今宵は店を休むと言って帰っていった。

源蔵は首を横に振った。知らない顔らしい。

老人は中を一通り見回すと、いちばん手前の隅の樽に座った。

小鈴が注文を訊くため、そばに行った。老人は、あまり清潔とは言えない臭いがした。

「おれは酒を飲まねえんだ」

「あら」

では、何しに来たのだろう。

「食うものはあるかい？」

「もちろんです。品書きになくてもおつくりしますよ」

肴を記した紙が、六、七枚、壁に貼ってある。それらを見ながら、小鈴は言った。

「深川飯はできるかい？」

と、老人は訊いた。品書きにはない。

あさりはある。酒蒸しにしようと、買ってきておいた。

「できます」

「頼むよ」

漁師飯である。要は、あさりの味噌《みそ》汁を飯にぶっかけただけで、あさりのほかにはせいぜいネギと油揚げが入っているくらい。飯と汁がいっしょに食えるというので、気の短い江戸っ子に好まれた。

この老人は漁師なのか。身体は大きく、がっしりしているが、陽《ひ》には焼けていない。漁師なら染みついて取れそうもないほど、赤銅色になっている。

小鈴は手早くつくった深川飯を運んできた。

一口つけるのを見守る。

「うまいね。もみ海苔《のり》がさらに潮の香りを感じさせる」

と、老人は言った。いわゆる深川飯に、もみ海苔はのせない。

「ありがとうございます」

そう言って引き返そうとした小鈴に、老人は、

「おこうさんは？」

と、訊いた。

小鈴はどうしようか迷った。半年に一度というような客なら言うつもりはない。

「どちらさまですか？」

「おこうさんが深川の五間堀の近くで店をやってたとき、よく行ってたのさ」

五間堀の近くというのは、ここに来る前にやっていた店である。

「飲まないのに？」

「ああ。飲まなくても構わねえって言ってくれたぜ、あんたのおっかさんは」

「おっかさん……」

「だろ？」

「どうしてわかったんですか？」

「娘がいるとは言ってなかったが、よく似てるもの」

「似てますか？」

「そっくりだよ。目元と肌の感じ。絵の具だったらまったく同じ色を塗るぜ」

「絵の具？」

「それに、どんぶりを置いたときの手の動き。驚いたときにちょっと息を飲むようにするところ」

「まあ」

小鈴はどきりとする。自分でも、驚いたときに息を飲むようにする癖は、母親に似ていると思っていた。

　いったいどういう人なのか。

　この人が何度か来たら、隠しようがないかもしれない。

「母は、亡くなりました」

　と、小鈴は言った。

「亡くなった？」

「火事で亡くなったそうです。あたしはそのあと、ここに来ました」

「火事で……」

　老人は唖然とし、しばらく言葉を失《な》くしていたが、

「そうか。おれは絵を描いて食ってるんだが、おこうさんはおれの絵を気に入ってくれてな」

　つらそうに言った。

「そうでしたか。よろしければ、お名前を？」

「いまは為一とか、卍《まんじ》老人とか名乗ってるんだが」

「為一……卍老人……まさか」

「いちばん知られている名は、北斎かな。葛飾北斎」

若いときから何度も名を変え、しかも併用したりする。せっかく売れた名を惜しげもなく弟子にやったりもした。だが、個性あふれる筆致は、名を変えようが偽ろうが、いつも見る者を圧倒してきた。

会ったばかりなのに小鈴の癖まで見抜いたのは、絵師北斎の真骨頂だろう。

「北斎先生！」

小鈴は感激のあまり、大きな声を上げた。

皆、いっせいにこっちを見る。

「おいおい」

北斎は客に背を向けるようにする。

「あ、ご免なさい。感激のあまり、つい大きな声を出しちゃいました」

「そいつはどうも」

北斎は苦笑いをした。

「それに最近も北斎先生の直筆画を見て、感激したばかりだったのです」

「どんなやつだい？」

「裏表になった襖絵で、満開の桜が描かれていました。表は美人が眺めていて、裏はずっと遠くから見た夜桜でした」

「ああ、三年くらい前に描いたやつだな。自分でも気に入ってた絵だよ」

「それが盗まれそうになって、あやうく取りもどしたりしたんですよ」

「へえ。ま、おれの絵はともかく、おこうさん……」

「あ、はい。亡くなったのは本当です。町方の調べでは、失火ということになってるんですが」

「失火？　おこうさんにそれはねえだろ」

「ええ。それで、この店を再建してくれたあの人たち……」

源蔵と、つい先ほど店にやってきた星川を指差し、

「付け火だと思って真相を調べているんです」

そのことは、星川たちから教えてもらった。

殺すつもりではなく、なにかを持ち出させるつもりではなかったのかということ。

さらに、付け火に関わったらしいこのあたりの岡っ引きが、殺されてしまったこと。

背後に大きななにかがありそうなこと。

ただ、なかなか真相に迫ることは難しいらしかった。

「そうか。そりゃあ残念だったな。おれもいろいろあって腐ってたから、ひさしぶりにおこうさんに愚痴でも聞いてもらおうと思ったんだが」

「北斎先生が母に愚痴を」

小鈴は一瞬、母に嫉妬を感じた。

北斎は深川飯をおいしそうに食べ終えて、代金の三十五文を小鈴に手渡し、

「また、来るよ」

と、立ち上がった。

「お住まいは？」

「本所なんだが、ちと事情があって、ここんとこ、麻布の弟子のところに厄介になってるんだ」

北斎は寒そうに肩をすぼめ、外の坂道に出ていった。

二

小鈴が老人の客と話しているのを横目で見ながら、源蔵はお九に訊いていた。

「出もどった理由を自分で調べ直すのかい？」

「調べ直せるかどうかはわかんないけど、わかったことをもとにして考え直してみるよ」

「その、考えるってところを手伝ってやろうか？」

と、源蔵は笑みを浮かべながら言った。興味津々である。

「けっこうです」

お九は嫌そうに顔をしかめて言った。

「瓦版に書かれるから」

「おれはもう、瓦版は書かねえよ」

また、やるかどうかはわからないが、当分は足を洗うつもりである。すくなくとも、危ないやつに狙われなくなるまで。

「それでもけっこうです。小鈴ちゃんに相談するから」

「馬鹿だな。小鈴ちゃんに相談するってことは、おれに相談するのといっしょだぜ」

「どうして?」

「その日にあったことは、ぜんぶ、おれたちに話すことになってるんだもの」

源蔵がそう言ったとき、小鈴は老人を送り出して、こっちにやって来た。

「ねえ、小鈴ちゃん」

お九が声をかける。

「なに?」

「小鈴ちゃんに相談したことは、ぜんぶ、源蔵さんたちに筒抜けになるの?」

「なるわけないじゃない」

小鈴はきっぱりと言った。

「だよね。源蔵さんがそういうふうに言うから」

「源蔵さん!」

小鈴は源蔵を睨んだ。

「あ、いや、すまなかった。つい、お九ちゃんの秘密が聞きたくて」

源蔵は慌てて、小鈴に手を合わせた。

「でも、お九ちゃん。一つだけ教えてくれよ」

「なに？」

「出もどるとき、千両箱を一つ持たされたという噂はほんとなのか？」

「だって、あの家にとって千両箱なんか、ちょっとした財布くらいの額だもの」

「へえ。やっぱり本当だったんだ」

源蔵は目を丸くして、後ろにひっくり返る真似をした。

「でも、傷ついたんでしょ」

と、小鈴が言った。

「そりゃあ、そうだよ。皆から出もどり娘とか言われているのもわかるし、もどったばかりのころは半年近く外に出られなかったよ。でも、自分を見つめるべきなんだよね」

「つらいんだけどさ。自分を知るってことは。でも、乗り越えるときの力にはなるよ。気づかずにいると、自分を誤解したまま、どんどん変な方向に行ったりするんだ。あたしの占いは、そこに気づくためのものなんだよ」

小鈴は自分に言い聞かせるみたいに言った。

「おこうさんには話したんだよ」

「そうなの」

いろんな客が、母には打ち明け話をしていたらしい。

「でも、さすがのおこうさんもよくわからなかったみたい」

「なにがあったの？」

「やっぱり、静かなところで、素面《しらふ》で話すよ」

店の奥にいる四人連れの話し声が大きくなってきていた。

「じゃあ、明日の昼にでもどこかほかの店で聞こうか？」

「うん。そうしてもらえたら」

お九がうなずくと、源蔵はがっかりした。

「ところで、さっきの年寄り、知ってる人だったのかい？」

源蔵は気を取り直して小鈴に訊いた。

「知ってるというか、母が前に本所で店をやっていたときの常連さん」

「小鈴ちゃん、大きな声を出してたじゃねえか」

「うん。有名な人だったから」

「ここらに有名な人なんているか？」

「葛飾北斎」

と、小鈴は周りを見、声を低めて言った。

「あの爺さんが？」

源蔵が目をひん剝《む》いた。

お九は浮世絵には興味がないらしく、ふうんという顔である。

「また来てくれるって。でも、居にくくなると悪いから、あんまりほかのお客さんに吹聴《ふいちょう》したり、特別に扱ったりはしないつもり」

「ああ、それがいい。そうかい、あれが北斎か。身なりなどは気にしない変わった人だとは聞いていたが、道端に座られたら、ほどこしでもしてしまいそうだぜ」

「そりゃあ、ひどいよ、源蔵さん」

と言いながら、小鈴は思わず噴き出した。


この夜――。

日之助は目をつけていた岡崎屋の近くへ来ていた。

むろん、店は暮れ六つ（午後六時ごろ）を過ぎ、とうに閉まっている。売上の勘定をしていた手代なども、通いの者なら店を出ていったし、住み込みの者もそろそろ寝る仕度に入っているだろう。

遅くまでやっていそうな飲み屋に入り、二合の酒をちびりちびりと飲んだ。これくらいの酒では酔わない。むしろ身体が軽くなる。

やるか、我慢するか。まだ迷っている。

やけに胸騒ぎがするのだ。

こんな大店《おおだな》に忍び込むのはひさしぶりだからか、嫌な予感があるのか、すでに手のひらに汗が滲《にじ》んでいる。息が重苦しい。

だが、こうした緊張の高まりが、成功したときの快感につながるということもわかっている。それがわかるから、やめられないのだ。

二合を飲み終え、外に出た。大きく深呼吸した。

人通りはまだ多い。品川のほうから来る人も多い。

なにせ天下の東海道である。

この通りから一本、中に入った。表店《おもてだな》の裏口になっているところもあるが、小さな店が並んでいる。もちろん、とうに店仕舞いしている。長屋もいくつかあるが、すでに路地からのぞく向こうは真っ暗である。明かり代を節約する裏長屋の連中は、早々と眠りについたのだろう。

ふっと、こんな悪事はしない穏やかな暮らしを羨《うらや》ましく感じた。

日之助が引っ越したばかりの長屋の隣りに、通いの手代らしい男の家族がいる。男の歳は日之助と同じくらいだろう。

おとなしそうな女房と、まだ三歳くらいの娘がいる。朝、日之助がまだ眠っているころに、その三人の声が聞こえてきたりするのだ。

「いってらっしゃい、あんた」

女房が言うと、

「あんた。はやく、かえってちてね」

たどたどしい言葉がそのあとに続く。

「あんただってさ」

「あっはっは」

屈託のない笑いが、長屋の路地に響く。

誰にも羞《は》じることのない、穏やかな暮らし。

もしかしたら、あんな家族にも、他人にはわからない不幸がひそんでいるのかもしれない。あるいは、いまはなくても、不幸の種が根を張り出しているのかもしれない。世の中というのは、そういうものだったりする。

それにしたって、日之助の日々は、穏やかな暮らしというものからはずっと遠いところにあった気がする。

それは若松屋という家のせいなのか。それとも、自分の性格に理由があるのか。あるいは、そんな運命のもとに生まれついたのだろうか。

日之助にはよくわからなかった。

岡崎屋の裏手は、高い黒板塀になっていた。裏通りまでつづく長い敷地を持っているのだ。間口は八間でも、その先に半町（およそ五十四メートル）ほど土地が伸びているわけだ。塀の向こうに蔵は見えない。木の枝が出ていたりもしない。

太い木の枝に紐をかけて上るのがいちばん簡単である。だから、樹木が多い大名屋敷が、忍び込むのには楽なのだ。

しかし、岡崎屋の庭にはそんなものは一本もなさそうである。おそらく植栽すらないだろう。金を産まないものにはまったく金をかけないのだ。日之助の父もそうだった。

　裏通りを何度か往復し、二軒隣りから遠回りして忍び込むことにした。そのほうが確実だろう。

　二軒隣りは裏通りに面した豆腐屋だった。周りのようすを窺い、鉤《かぎ》がついた紅い紐を飛ばした。

　鉤には布を巻き付けて、金属音がしないよう工夫してある。それでも静かな夜の中だと、ごとっという大きな音が響く。

　しばらく耳を澄ます。もし、家の者に音を聞かれても、猫でも飛んだのかと思ってくれるだろう。

　着物の裾《すそ》をからげて帯の後ろにはさむ。草履《ぞうり》を脱いで懐にしまい、紐をつたって屋根に上る。泥棒仕度などはない。逃げるときに目立つだけである。ただ、闇にまぎれやすい色の着物を選んでいる。

　豆腐屋の二階の屋根から、黒板塀に囲まれたしもた家の屋根へ。外からだとわからなかったが、ここはどうやらお妾の一人暮らしみたいな家らしい。取り込み忘れたらしい庭の洗濯物は派手な女ものだけだし、玄関まわりの植栽などもこじゃれた感じがする。日之助のおやじも、こんな感じの家に妾を住まわせていた。

ここからさらに紐を飛ばし、岡崎屋の物干し台に渡った。ここらは住み込みの手代や女中たちがいる一角だろう。

物干し台から二階の廊下に出た。朝日が当たる東向きの部屋をめざす。あるじの部屋はそこにつくられる。

問題は、利休の茶杓の隠し場所はどこかである。

たぶん、蔵には入れていない。ときどき来る客に茶をふるまって自慢する。そんなとき、いちいち蔵まで取りに行ったりしない。それはむしろ、みっともないと思うだろう。

さりげなく、茶室のどこかに——日之助はそう想像した。

茶室は庭に面した一階か？　そんなわけはない。ここのあるじは、二階の商いをする真上に、黄金の茶室をこしらえる。

まっすぐそちらに向かった。

足音こそ忍ばせているが、這いつくばったりはしていない。背を伸ばして歩いていく。

われながら大胆なふるまいだった。

――自棄《やけ》になっているのだろう。

と、日之助は思った。星川が気持ちを持て余して酒に溺れつつあるように、自分の心もなにかを蹴りつけたくてたまらないのだろう。

茶室に明かりがあった。深夜の茶会でも催されているのか。怪談話付き、客一人につき芸者一人をはべらしの、黄金の部屋の茶会。あの男なら、やりそうである。

日之助は、隣りの部屋に入った。襖の近くに行って、耳を澄ませた。

なんとも面白い話題が耳に飛び込んできた。

「若松屋《わかまつや》をつぶすしかねえな」

日之助の実家が若松屋である。もっとも若松屋は江戸に一軒しかないわけではない。

声に覚えがある。蔵前で札差をしているほうの〈岡崎屋〉の長右衛門《ちようえもん》。ここのあるじの兄貴である。

「兄貴の盟友じゃないのかい？」

と、弟の金右衛門の声である。

札差岡崎屋の盟友である若松屋。まさしくわが懐しき実家ではないか。

兄弟が深夜にそろって、なんとも面白そうな話をしている。

「おい、商人に盟友なんかいると思ってたのか？」

「思ってないけど、兄貴と若松屋は違うのかと」

「なあに向こうだっていっしょだ」

おそらくそうだろう。日之助のおやじと岡崎屋長右衛門。目《め》糞《くそ》と鼻糞のようなものだろう。

どっちが先に裏切るかなのだ。

「手立ては？」

と、弟が訊いた。

「まだ、決めてはいねえ。ただ、世の中がどうもきな臭くなっていきそうでな」

大店のあるじというより、ごろつきのような言葉づかいである。もちろん、表向きにはこんなふうに話さない。

「いいことか、悪いことか」

「そんなことはわからねえ。どういう世の中になろうが、それはこっちの動き次第でよくも悪くもなる」

「そうだな。見極めが肝心だ」

「知恵のある連中が、海に目を向けている。幕府はこれを嫌がっている。なんとか民には目隠しをしておきたい。その目隠しをもっとも強硬に推し進めたいやつらが表に出てくる。老中の水野忠邦と、水野が高く買っている目付の鳥居耀蔵だ」

と、兄のほうが言った。

「ああ、鳥居の名は最近、よく聞くな」

「これに若松屋をぶつけてみる」

「ふうん」

「そっちはおれがやる。ま、しばらく黙って見てるがいいや」

これで深夜の茶会は終わったらしい。

しばらく後片づけをしていたが、やがて二人は階下へ降りていった。兄貴が蔵前にもどるのを見送るのだろう。

日之助はすばやく茶室に入り込んだ。

金右衛門はまた、ここにもどってくるつもりらしく、ろうそくも点《つ》けっぱなしである。

——利休の茶杓は……？

棚に置いたばかりの桐の小箱を見つけた。

これを袂《たもと》に入れ、日之助は外の廊下に出た。

三

翌日の昼前——。

源蔵は本所の相生町に来ていた。

ここに大坂の酒問屋〈堺屋《さかいや》〉の江戸店がある。

酒問屋の多くは、霊岸島の新川に集まっているが、堺屋は新興の問屋で場所を確保できなかったらしい。

だが、本所に置いたのはむしろ幸運で、両国や浅草という二大歓楽街でひいき筋を伸ばしていた。

ここの手代で、遼助《りょうすけ》という男が、大塩を目撃していたのだ。

遼助はいかにも大坂の手代というような男だった。

愛想がよくて、いつもにこにこ笑っている。調子がいいが、ちゃんと目はしが利く。

ただ、大坂ではうまくやれても、へそ曲がりが多い江戸ではうまくいくのかどうか。逆に嫌われることだってあるだろう。

だが、大塩平八郎のことは誇りに思っているふしがあった。「町人のために蜂起したのです」と自慢げに言った。武骨なほどの生き方をしたらしい人を、いかにも大坂の商人という遼助が自慢するのは面白かった。

店が繁盛しているのは一目でわかる。

店頭に山積みされた酒樽には、酒の名前も記されてある。そのうちの一つは源蔵も聞いたことがあった。

「遼助さんはいますかい？」

「遼助？」

「はい。大坂の本店から来られていた……」

「遼助は死にましたよ」

どぶにごみでも投げ入れるような、そっけない調子で言った。

なんてことだろう。

「やまいですか?」

「いえ」

「川で溺れたとか?」

「………」

あまり話したくなさそうである。

「秘密なので?」

横向きに並ぶように立って訊いた。あんたとおれは同じ立場だろうと、言葉にはせずに訴えるしぐさである。瓦版屋のころも、大事なことを聞き出すときはよく、この技を使ったものだった。

「辻斬りに遭ったんですよ」

「なんだって」

「夜道でばっさり。町方もいちおう調べてくれてはいますが、下手人を挙げるのは難しいでしょうね」

「遼助はしばらく前に、変なことを言ってなかったですかい？」

「変なこと？」

「大塩という人が生きているとか」

「ああ、それね。くだらねえことを言うなと、旦那からずいぶん叱《しか》られて、以来、なにも言わなくなってましたぜ」

「へえ」

まだ訊きたいこともあったが、手代は源蔵にそのあたりを聞かれるのがたまらなく嫌なように見える。

「それと……」

「悪いが、忙しいんですよ」

冷たい口調だった。

それは商人が持つ、利を追求してきた人間に染みついた心根なのか。あるいは、遼助の死の裏になにか危ういことがひそんでいるのを知っていて、警戒しているのか。

どうせ訊いても無駄かと思い直し、引き上げることにした。

お九と小鈴は、鳥居坂の近くの甘味屋で待ち合わせた。

お昼はここで餅《もち》でも食べることにした。

餅が二切れ入ったお汁粉を食べながら、さっそくお九の話が始まった。

「あたしが嫁いだのは、二十二のときだったよ。あ、小鈴ちゃんのいまの歳だ」

と、お九は言った。

「お九さん、美人なのに遅かったんだね」

小鈴は意外そうに言った。江戸の娘たちは早いほうは十五、六、たいがい十七、八で嫁にいってしまう。

「小鈴ちゃんだって、人のことは言えないよ」

「あたしはほら、こういう女だから、駄目になっちゃうんだよ」

「こういう女って?」

「我が強くて、妥協しない」

「あたしもいっしょだったかも。いろいろ声をかけられるうち、気づいたら二十二になってたって感じ。そんなとき、日本橋の〈丸中屋《まるなかや》〉から声がかかったってわけ」

「大店なんでしょ？」

「そうだね。油屋だよ。老舗《しにせ》だし。創業は二百七十年だか、八十年だか前の永禄年間だって自慢してた」

「へえ」

「それで、あたしは三番目の女房だったんだよ」

と、お九は言った。

「三番目かあ」

江戸ではめずらしい。別れるより、妾として囲う。

「前の二人も出ちゃったみたい」

「女のほうからなんだね？」

「たぶんね」

「旦那はいくつだったの？」

「三十ちょうどだった」

「浮気性だったんだね」

「ぜんぜん」

「違うの？」

「そっちのほうはあんまり強くなかったんじゃないの」

「ふうん。じゃあ、どうして？　弱すぎたから？」

小鈴は真面目《まじめ》な顔で訊いた。

「ふっふっふ。そこまで弱くなかったよ。ふつうにしてたから。でも、三人ともきっと同じ理由だよ」

「そりゃあ、あれでしょ。お姑《しゅうとめ》さんでしょ」

「そう思うでしょ。違うんだな、それが」

「違うの？」

「だって、お姑さん、最初からいないんだもの。旦那が十五のときに亡くなった」

「後妻もいないの？」

「すごい大店だけど、家族は少ないんだよ。夫だった若いあるじに、もう隠居してしまった先代のあるじ。この二人だけなんだよ」

「兄弟とかはいないの？」

「妹がいるけどよそに嫁いで、あの家には滅多にやって来ないの」

「お舅《しゅうと》さんが嫌なやつだったとか？」

「そんなこともなかった。元気がない、おとなしい人でね」

「じゃあ、遠慮とかもいらなかったんじゃないの」

たいがいそれで苦労すると聞いている。

「まるでいらなかった。しかも、三人の家族は、店の裏手にある離れに住んでいるの。離れと言ったって大きな家なんだよ。部屋なんか十以上あるような」

「女中とかいないの？」

「いたよ。住み込みの手代とか、小僧さんとか、下働きの女たちは、みんな店があある母屋のほうに寝泊まりしてるの。そっちはそっちで広いから、離れなんか使う必要もまるでないわけ」

「贅沢だね」

「昔はけっこう家族もたくさんいたんだろうね。でも、ああなると贅沢っていうより寂しいよ」

「ああ、そうかもね」

「それで、昼なんか、うちのもお舅さんも表の店のほうに行くでしょ。あたし一人になったりするわけ」

「そうなの……」

小鈴はなんか、だんだん嫌な感じがしてきた。背筋がぞくぞくする。

「あるとき、この家に誰かいるって思ったんだよ」

「うわぁ」

小鈴は低い悲鳴みたいな声を出した。ふだん、それほど恐がりではない。だが、お九の話はなまじ淡々としているのでかえって恐い。

「それで、離れをぐるっと歩いてまわったわけ。すると、変なつくりに気がついたの」

「なに？」

「二階と一階は坪数が同じ広さのはずなの。ところが、一階より、部屋の数が少ないんだよ。十畳の部屋が一つ分くらいかな」

「へえ」

「それで何度か調べるうち、やっぱりちょうど二階の真ん中あたりに部屋があるみたいなの」

「開かずの間ってやつ？」

「ああ、そうだね。ほかの部屋は壁になってて、そこには入れそうもない。でも、もう一部屋あるのは間違いないって思ったの」

「ああ、胸がどきどきしてきた」

「どうも、そこにいちばん近いのは、お舅さんの部屋らしかったの。それで、あるときお舅さんの部屋に……」

「入ったの？」

「うん。お舅さんはあまり部屋に人を入れたがらないんだよ。でも、そっと入って、壁のあたりを叩いたりしてみた」

「音でわかったの？」

「わからないよ。ただ、部屋の隅に梯子《はしご》が置いてあったの」

「梯子？」

「変でしょ。それでよく見たら、天井近くの壁に梯子をつける跡があるのを見つけたの。それでそこに梯子をあてて、上に上ってみたんだよ」

「すごいね」

「すると、天井板を外せるの。しかもそのまま上に行けるわけ」

「行ったの？」

「うん」

「すごい、お九さん」

「いま、思うと、よくやったなって思うよ。でも、そのときは無我夢中で」

「どうなってたの？」

「ちょっとした屋根裏部屋みたいになってたけど、その先に、下に降りる梯子があるのも見えた。そこから顔を出して、下のようすを窺ったよ」

「なにか見えた？」

「部屋になってた」

「やっぱり」

「荷物もいろいろあって、最初は間違ってふつうの部屋の上に来ただけなのかと疑ったわけ」

「違うの？」

「うん。いくら見ても、こんな部屋は見たことがなかったから」

「それで？」

「下に降りてみようと思ったんだよ。穴の縁に腰を下ろし、梯子に足をかけたとき、後ろから名前を呼ばれたの」

「ひぇえ」

「振り向いたら旦那」

「いつ、来たんだろう」

小鈴はまるでそこに自分もいるみたいな気がしてきた。

「お前、見ただろうって」

「恐いよ」

と、小鈴も両腕で肩を抱くようにした。

ほかの客が入ってきた。

近所のおかみさんたちらしく、にぎやかである。

それでお九は目が覚めたような顔になって、

「あ、話が長くなっちゃったね」

「うん。あたし、そろそろお九さんのとこで湯を浴びたり、髪結いに行ったりしないと」

「あたしも湯加減をたしかめたりするよ」

お九の湯屋は、本来の跡取りである弟が、隣りにつくったそば屋のほうに熱心で、湯屋のあれこれは姉にまかせきりだという。

「ねえ、お九さん。この話は、源蔵さんや日之さんに聞いてもらってもいいんじゃないの」

「そう？」

「星川さんはいま、ただの酔っ払いだけど、あの人たち、けっこう凄いよ。見かけによらず知恵は回るし、いろんなつてもあるし」

「そうなんだよね。じゃあ、夜にまた行くよ」

ということになった。


星川勢七郎は起きたばかりだった。

夜中に一度、目は覚めたが、それで眠れなくなったわけではない。煙草《たばこ》を一服し、茶碗に酒を一杯飲んだら、すぐに眠くなった。だから、だいぶ寝たはずである。

悩みがあると眠れなくなるのがふつうだろうが、逆に寝ている時間がどんどん長くなっている気がする。

もっともそれは酒のせいだろう。酔って寝る。その繰り返しである。

飯はあまり食べない。おこうの店――やっぱりあそこは星川からしたらおこうの店である――で、酒の肴を食べているくらいだ。あとはたいして腹も減らないのだ。

――手は……。

と、回したりしてみる。そうは痛まない。

だが、重いものを持ったりすると、すぐに痛みがぶり返す気がする。

もう剣など稽古《けいこ》することもできなくなってきたのかもしれない。

このまま腐っていくのだろうか。

それでもいいように思う。

もちろん、おこうの死の真相をあばき、仇《かたき》を討ってやりたかった。だが、その向こうで得体の知れないものとつながっている気配がする。そこまでたどりつけるのか。

それは供養になるのか。

おこうは望んでいるのか。

いちばん望んでいるのは、小鈴の幸せだろう。

だったら、危ないことに小鈴を巻き込んだりせず、静かに見守ってあげたほうがいい。

それは源蔵と日之助にまかせてもいいだろう。そんなことより自分にはほかにすることがあるのではないか。

すなわち――。

後を追うこと。

本当は自分もそうしたいのではないか。

この数日、あの一本松坂を上っていくのがつらかった。おこうへの未練がこみ上げてくるのだ。

たまに店が開く前から、坂を上るときがあった。すると、おこうが店の前を掃いたりしていた。

あの日の数日前にも、そんなことがあった。寺の落ち葉が飛んできていて、店の前に溜《た》まっていた。

「落ち葉は落ち葉で風情があるだろうに。掃かなくたっていいだろうに」

星川はからかい半分でそう言った。

「そうなんですよね。でも、お客さんが足を滑らせたりするといけないんでね」

「そんな間抜けな野郎は来なきゃいいんだ。坂道の酒場には」

「まあ」

「つるつる滑って、皆、来なくなるといい。源蔵も、日之助も」

言いながら、ほかの客への嫉妬がこみ上げてきた。

「それじゃあ、あたしはおまんまの食いあげ」

「なあに、その分、おいらが一人で飲んでやるよ」

「ふっふっふ」

おこうの笑顔が目に浮かぶ。

本当はおこうと話すことができたら、酒だって要らなかった。じっさい、あのころはせいぜい二合くらいでやめていたのである。

——どうしてこれほど好きになってしまったのだろう。

亡くなってもなお、思いは強くなっている気がする。

かつて、江戸の町を颯爽《さっそう》と歩いていた自分はどこに行ってしまったのだろう。もう、あんな元気なころにもどれる自信はなかった。あの火事の日を境に、自分の日々はまったく色合いが違ってしまっていた。

四

お九が来るのが少し遅くなって、すでに客が七人入っていた。

それで、客の相手は日之助と小鈴が交互にしながら、おもに源蔵に話を聞かせるかたちになった。星川もいちおう聞いていたが、途中で興味を失くしたらしく、ぼんやりした顔で天井を見たりしていた。

昼間、小鈴が聞いていた話を一通り聞いて、

「ふうむ。よくわからねえ話だな」

と、源蔵は言った。

「わからないのよ」

お九はうなずいた。

「もう一部屋あるのはわかった。そこになにかがいたわけだな」

「息づかいも感じたし、臭いもあったの」

「嫌な臭い？」

と、小鈴が訊いた。

「そうでもない。だから、最初、生きものかと思った」

「生きもの？　犬とか、猫とか？」

「そんなんじゃなくて。ほら、日本にはいない生きものっているでしょ。虎《とら》とか、駱駝《らくだ》とか、象とか」

「ああ、どれも大きなやつでしょう？」

小鈴は首を何度か縦に振った。北斎がそんな絵を描いたような気がする。

「なんか、そういうのを金にあかせてひそかに手に入れ、飼ってるのかなって」

「へえ」

「でも、違った。あれは、いま、思ってもやっぱり人だったと思う」

「人？」

「それも、たぶん老婆」

「なんでそう思ったんだ?」

と、源蔵が訊いた。

「どこか、視界の隅のほうに地味な女ものの着物があったような気がしたの。それに、なんとなくわかるんだよ。男がいる部屋ではないってことは」

「うん。わかる気がする」

小鈴がうなずくと、

「男はきたねえってか?」

日之助が文句を言った。

「あ、それもたしかにあるけど」

お九はちょっと意地悪そうに笑った。

「じゃあ、長生きしているお婆さんかなんかいたんじゃないの?」

と、小鈴が訊いた。

「だったら、隠したりする? むしろ、皆に自慢して、女中たちに世話をさせたりするでしょうよ」

「そうだね」

「それで、お彼岸の日だったか、あたしは深川にあったあの家の菩提寺《ぼだいじ》に行ったとき、和尚《おしょう》さんに訊いてみたの。ほら、寺には過去帖《かこちょう》があって、ご先祖さまのことともわかるから」

「なるほどね」

「それで、訊いたら変なんだよ」

「なに、変て？」

「あの家の人たちは代々、短命で、みんな五十ちょっと前で亡くなっているの。ただ、一人だけ過去帖で亡くなっていない人がいるって」

「じゃあ、その人でしょうよ」

「でも、その人、五代前のお婆ちゃんなんだよ」

「五代も前？」

「歳を数えたら百八歳だというの」

「それは凄い」

皆もこれにはびっくりしたらしい。

「和尚さんも、これは消し忘れかなにかだ。消しておこうかって」

「消したの？」

「あたしは、そのままにしてくださいって言っておいたんだけど」

「じゃあ、その人なんだよ」

と、源蔵が言った。

「だから、百八の人が生きていたら、皆に自慢するって」

「そうだよね。その百八の人、なんていう名前？」

と、小鈴が訊いた。

「それが、聞いたことがない変な名前で忘れちゃった。漢字で書いてあったけど、和尚さんも、読みは違うかもしれないと言ってたし」

「でも、丸中屋って火事で焼けたりはしてねえのか？」

と、源蔵が訊いた。

江戸は火事が多い。そんな老婆が隠し部屋のようなところに隠れていたとしても、火事騒ぎのときなどに必ずばれたりしたはずである。

「あそこはまた、焼けにくいところなんだよ。すぐ前がお濠《ほり》と川という水辺だし、周りは蔵地になっているし、火事で焼けてもあそこだけは残ったりしてた。だから、いまの家も建てて五十年くらいと言ってたね」

と、お九は言った。

「へえ」

源蔵は納得したが、

「でも、その真ん中の部屋は少なくとも五十年前から、そういうつくりだったわけ？　まるで、お化けに住んでくださいというみたいな」

小鈴はそう訊いた。

「それはね、壁にいくつかほかより新しいところがあったの。だから、途中からふさいでしまったんじゃないかな」

「なるほど」

「それで、ご主人とかにたしかめたの？」

「そりゃあ、訊いたよ。この家、なんか変だよって」

「どうだった？」

「そしたら、うつむいちゃって」

「怪しい」

「お化けなんか恐くないはずだろって」

「なに、それ？　やっぱりいるんじゃないの」

「それから、さらにふた月くらいは我慢したかな。年が変わってあたしは二十三になってたけど。やっぱり耐えられないって」

「そりゃあ、そうだよね」

「では、出ていってもいいが、この家で見たことは誰にも言わないでくれ。口止め料は出すからって」

「それで、千両箱をもらったってわけか」

源蔵の口調には羨ましいという気持ちも混じっている。

お九はいま、二十五になっているわけである。

「いまから二年前だよ」

「わかったぜ」

「え？」

「人だと思ってねえんだよ」

と、源蔵は言った。

「え？」

「だから、あんまり生きすぎて、代も変わってしまって、いまのおやじと伜はその婆ちゃんのことを家に巣くったありがたいお化けくらいに思ってるのさ」

「そんな馬鹿な」

お九は笑った。

「ねえ、お九さん。さっき、お化けなんか恐くないはずだろって言われたって、そう言ったよね。どういう意味？」

「ああ、それね。そもそも、あたしが見染められたのは、両国のお化け屋敷でものすごく恐いという演《だ》しものが出たとき、あたしはそれを見に行って、恐くもなんともなかったの。そしたら、めずらしかったらしく、まったく恐がらない娘がいたと、噂になり、それを聞いた丸中屋のあるじが、ぜひ、うちの嫁にと訪ねてきたの」

「そうだったの」

これには皆、驚いた。

「お化けは恐くないの？」

と、小鈴は訊いた。

「恐いよ。ただ、そのお化けをつくったのがうちの叔父さんで、つくってるところを見てたから恐くなかっただけ」

「なんだ」

「お九はお化けを恐がらないからという理由で見染められたんだろ。つまり、そのおやじと倅は、昔からいる婆さんを、人ではなく、お化けだと思っているという証拠だろうが」

源蔵がそう言った。

「だから、他人には言わないでくれと、あの莫大な慰謝金もくれたわけね」

と、小鈴も言った。


北斎がいつの間にか、また来ていた。

小鈴がお九の話に夢中になっているあいだに、日之助が通して、ちょっと離れた席に座らせておいたのだ。

酒どころかお茶も飲まない北斎だが、刺身を頼み、湯を飲みながら、こっちの話を聞いていたのだった。

「あ、北斎先生。いらしてたのですか？」

ようやく気がついた小鈴が笑顔を見せた。

「ずいぶん面白い話じゃねえか」

「そうなんですよ。すっかり夢中になってしまって」

「その店の名は？」

「日本橋にある丸中屋といいます」

「ああ、丸中屋か」

「ご存じなので」

「あそこに、まりやさんという別嬪《べっぴん》の大年増《おおどしま》がいてな。おれがまだ若いときにかわいがってくれたっけ」

「まりや。その名前ですよ」

と、お九が大きな声で言った。

たしかに聞いたことがない名前である。

「その名前ってのは、なんでもキリシタンの神さまに似ているらしいんだ。そっちは、まりあで、丸中屋のほうはまりやなんだけどな」

「まりあと、まりや」

「でも、キリシタンとは関係ねえだろうと。ただ、創業のころ、助けてくれた人がそういう名前だったとかいう話だったんじゃねえかな」

北斎もそこらの記憶は定かではないらしい。

「おれがまだ絵師の見習いになったときで、あんたは大成するって褒めてくれたんだぜ。あのとき、いくつだったんだろう。おれがまだ二十歳くらいだぜ」

「北斎先生、おいくつになられました？」

と、小鈴は訊いた。

「七十八かな」

「すると、まりやさんは当時、五十ということになります」

「五十になってたのか。へえ、まだきれいな人だったぜ」

生きているまりやさん。

だが、生きている人をお化けと思うというあたりは、皆、もう一つ、信じ切れないらしい。

結局、このくらいで、お九の出もどりの話題は終わった。

「うちの母に愚痴を聞いてもらいたかったとおっしゃってましたよね？」

小鈴は北斎の鍋にうどんを足しながら訊いた。

「ああ。愚痴というか、不安なんだな。おこうさんと話すと、安心できるような気持ちになれたからな」

「北斎先生でもそんなときが？」

「先生はやめてくれ。おこうさんはそんなふうに言わなかったぜ」

「北斎さんでも？」

「そんなことはしょっちゅうだよ。だが、今度はちっと切羽詰まっているかもしれねえ」

「どういうことです」

「おれは、狙われてるのさ」

「命を？」

「いや、命ではねえだろう。だが、当然、命にも関わってくる。お縄にでもなってみな。絵は描けないから、生きている甲斐もなくなる。しかも、おれはもうすぐ八十になる。牢屋《ろうや》になんぞ入れられたら、すぐに身体は弱っちまうさ」

「まあ」

「前にも一度、あった。これは、おこうさんにも話したことはあるんだがな。シーボルトという南蛮の医者が、長崎に来ていたことがあったのさ。そのシーボルトから、この国のいろんなものを正確に描いた絵が欲しいと言われて描いたことがあった。その絵が、持ち出されるときに船が難破して、見つかってしまったんだよ」

「絵のなにがまずいんですか？」

「その中に、刀とか鉄砲だとかといった武器を正確に描いたものがあった。つまり、南蛮のやつらがこの国に攻めてこようというとき、こちらがどんな武器を持っているか、お見通しになっちまうのさ。万が一に備えて、名前は入れておかなかったので、どうにか助かったらしい」

「北斎さんはそんなふうには思わずに描いたんでしょ？」

「いや、描きながら思ったさ。こういう絵はまずいかなと。でも、おれは描きはじめると、そういうことはどうでもよくなっちまう。ひたすらうまく描くことだけに夢中になっちまうのさ。要は、馬鹿なんだけどな」

「そういうの、わかりますよ」

と、小鈴は言った。

「そりゃあ嬉しいな」

「また、同じような依頼が？」

「いや。今度は違う。直接、おれのところには来ねえで、周辺を嗅《か》ぎまわっているらしいんだ。ただ、おれの絵はずいぶん南蛮のものを取り入れていてな。ベロ藍という向こうの絵の具を使って流行らせたのはおれだし、絵の技法なども取り入れている。西洋嫌いの連中からは、いくらでもいちゃもんをつけられるのさ」

「まさか、見せしめに？」

「おれを痛めつければ、浮世絵の絵描きたちは皆、震えあがるだろうな」

「そんなことしますか」

「するさ。しかも、今度、関わり出したお上の中心にいるのは、やたらとしつこい男みたいでな」

「まあ」

「いまも、本所の家が見張られているみたいで。帰りたくねえから、こっちの弟子の家に来てるんだ」

「それでですか」

と、小鈴は納得した。

「でも、いま思うと、おれはずっと昔から、なにかから逃げまわっていたような気がするのさ」

「そうなんですか？」

「おれはもう何回、引っ越ししたんだろう。これまでだけで、七、八十回はしてるんだろうな」

「そんなに！」

「シーボルトの件からさらにひどくなってるんだ。数日しかいないのに越したこともある」

「数日で」

「恐いんだろうな。そんなに怯えることはねえのかもしれねえ。おれはただ、人一倍、臆病なだけかもしれねえ。だが、なにかが迫ってくる感じはいつもしてるんだよ」

「…………」

慰めたいが、なんて言ったらいいかわからない。

じっさい警戒すべきで、北斎一流の勘がそれを嗅ぎ取っているのかもしれない。

「今度はおれも駄目かもしれねえ」

北斎は不安げな顔をした。

五

それから数日して——。

混雑している店に、

「こちらに〈坂下湯《さかしたゆ》〉のお九さんは？」

と、顔を出した男がいた。

「あ」

お九が仰天して、大声を出した。

皆、誰？　という顔で見る。

「丸中屋の宋《そう》右衛《え》門《もん》さん。前の亭主」

と、お九は小鈴に小声で言った。

「えっ」

小鈴は驚いた。

想像していた容貌《ようぼう》とはずいぶん違う。

苦味走ったいい男である。背も高く、着物の色合いも洒落《しゃれ》ている。もっとなよっとした感じの男を想像していた。

「困るんだけど」

と、お九は元の亭主に言った。

「話があるんだ」

「じゃあ、外に」

と出ていこうとするのを、

「お九さん。そっちに座りなよ。小声で話したら聞こえないから」

小鈴が声をかけた。

二人は片隅に座り、なにか話をした。

ときどきお九の声が大きくなり、

「無理、そんなの」

とか、

「なによ、いまさら」

などと言うのが聞こえてくる。

そのつど、皆がなに食わぬ顔で聞き耳を立てるのもわかる。

四半刻ほど、丸中屋の旦那は酒も飲まずに話をし、

「じゃあ、とりあえず来てくれるんだね」

そう言って、帰っていった。

皆、すぐに訊いた。

「どうしたんだよ?」

「やっぱり想像したとおりだったよ」

「あれか。まりや婆さんの話か」

「そう。昨夜、亡くなったんだって」

「へえ」

「亡くなって、初めてあの人たちも生きていたんだとわかったんですって」

「ほんとにお化けかと思ってたのかい？」

源蔵は自分が言い出したくせに、いちばん驚いたような声を出した。

「そうなんですって。それまでは、家に巣くったお化けと思っていたから、大事にはしていたが、誰にも見られないようにするので精一杯だったって」

と、お九は言った。

「そりゃあ、また」

店の中の者は皆、唖然としている。

死んで初めて生きていたとわかった――なんとも不思議な証明である。

「馬鹿みたいね。ほんとにそんなふうに思ってたなんて」

お九は呆れたように笑った。

「そうだよね。どうしてわからなかったんだろう。ご飯だって食べていただろうし、厠にも行かなきゃならなかったでしょ」

と、小鈴が首をかしげた。

「あたしもそれは訊いたのよ。ご飯は日に三度、お供えとして持っていってたって。それが無くなっているのは、どこの家でも当たり前のことなのだと思ってたみたい」

「厠は？」

「二階には厠もあれば、湯あみや洗濯ができる板の間もあったって」

「幽霊が湯あみや洗濯もするの？」

「そういうものだと、子どものときから思っていたみたいよ」

「信じられないよね」

と、小鈴は言った。

「いやあ、それはたぶん外から見ただけじゃわからねえんだよ。何百年もつづく老舗の、昔からの亡霊に囲まれて生きているような人でないと、わからねえ感覚なのかも」

と、源蔵は腕組みして言った。

「でも、無理だとか、いまさらとか言ってなかったかい？」

日之助が訊いた。

「あ、聞こえた？　だって、もう一度、もどってきてくれないかなんて言うから」

「ほんとに」

「あのまりや婆さんがそういうことを言ってたんだって。なんでも、あたしがのぞくところを、向こうからは見えていたみたいなの。それで、あたしの顔や、のぞくようすなんかがすっかり気に入ったみたいで、あの嫁はどうしたんだとずっと言ってたそうよ」

「へえ」

「どうも、まりや婆ちゃんは、若いときに美人だったため、自分でもお化けになったと思いたかったんじゃないかって」

と、お九は言った。

「お化けに？」

「お化けだから、こんなに皺《しわ》だらけの顔になってるんだって」

「ああ、せつないな」

と、小鈴は自分の頬を両手で包むようにした。柔らかい、毛のない桃のような頬を。

「しかも、どうやら子孫たちにも、自分からそう思わせていたらしいの。いかにもお化けみたいなしぐさとかもしてたんだって。ときどき、こんなこともして」

と、両手をだらりと垂らした、おなじみの幽霊のしぐさをした。

「面白いねえ」

と、日之助が言うと、

「面白くないよ」

「そうよ、せつない話よ」

と、小鈴とお九が非難がましい目で日之助を見た。

「ところで、元旦那の申し出は受けるのかい？」

と、源蔵が訊いた。

「受けるわけないじゃないの」

「だって、もう出もどることになった理由は消えたんだろ。しかも、苦味走ったいい男だったじゃねえか」

「馬鹿みたい。あんなふうに出された家に、女がもう一度、もどるものだと思ってたら、皆さん、大間違いですよ」

と、お九が言った。

「そう。いくら大金持ちでもね」

小鈴もうなずいた。

「でも、お通夜には顔を出してくるよ」

お九はそう言って、提灯《ちょうちん》に火を入れ、外に出た。

小鈴も店の前で、お九が坂を降りていくのを見送った。

お九の背中が、濃い闇に滲むように遠くなっていく。やがてふっとかき消えるように見えなくなったのは、角を曲がったからだろうか。

「死んで初めて生きていたのがわかったのか」

と、小鈴はつぶやいた。

だが、それはもう、ずっと前から死につつあったということではないか。

——一生懸命生きないと、生きてるのか死んでるのか、境目がわからなくなってしまうかも。

小鈴はそんなふうにも思った。

第四章　なにもしない男

一

客の一人が持ち込んできた話だった。小鈴は注文が入った田舎鍋と湯豆腐をつくりながら、なんとはなしに耳を傾けていた。いつの間にか、客の話を聞きながらでも、手はちゃんと動くようになってきている。

「仙台坂の下に、なにもしない男がいるんだ」

そう言ったのは、常連の客である。笛をつくる職人で、名を甚太《じんた》といった。歳は二十七、八。おそらく子どものときはガキ大将だったろうと思える風貌《ふうぼう》と話しっぷりだが、それが笛師という繊細な仕事をしているのが、小鈴には面白かった。

「朝早くに来て、暮れるまでそこに座ってるんだ。いっさいなにもしない。ただ、ぼんやり座っているだけ」

「へえ」

と反応したのも常連で、太鼓をつくる職人の治作《じさく》という客である。甚太と同じく
二十七、八。酒が強く、止めても五合くらいは飲み、じっさい顔色ひとつ変わらない。
この二人、ともに楽器をつくる職人というので、たまたまこの店で知り合い、意気投合した。

「おれは噂を聞いて、さっそく見に行ってきた」

「まったく甚太は物見高いなあ」

「仙台坂の傾斜がいちばんきつくなるあたりだよ。伊達《だて》さまと、なんとかいった寺に挟まれたあたりに座ってるのさ」

と、笛師の甚太がくわしい場所を教えた。

仙台坂とは、陸奥《むつ》仙台藩伊達家の下屋敷のわきにあるため名づけられた坂である。

ここ一本松坂と同じく麻布の高台から新堀川へと下る坂道で、南側の並びにある。

どちらも急な坂だが、仙台坂は猫背のように盛り上がった坂で、こちらはえぐられたような坂になっていた。

「ああ、あのあたりか」

と、太鼓師の治作が言った。

「あそこは景色を見るようなところでもないしな」

「いつからいるんだ？」

「五日ほど前からだよ」

「まったく動かねえってわけじゃねえだろ？」

「いや、ほとんど動かねえんだ」

「死んでるんじゃねえだろうな」

「くだらない冗談を言うな」

「厠《かわや》とかは？」

「そりゃあ、そういうときは動くさ。裏の長屋の厠を借りるが、すぐにもどってくるらしいぜ」

「飯は？」

「弁当を持ってきてるのさ。けっこういいものを食ってるんだと」

「ふうん」

と、太鼓師の治作は腕組みをした。興味は惹《ひ》かれたが、納得がいかないらしい。

できあがった二つの鍋をそれぞれ運び終えたところで、小鈴が二人の話に口をはさんだ。

「甚太さん。面白そうな話だね」

「だろう?」

と、甚太は自慢げな顔をした。

「なにもしてないみたいで、じつはなにかやってるんじゃない?」

と、小鈴は言った。

「なにかって?」

甚太は訊き返した。

「どこかか、あるいは誰かを見張っていたりするんだよ」

小鈴は前掛けで手を拭きながら言った。

「へえ」

「なるほど」

甚太と治作は顔を見合わせた。

「すると、野郎は町方か」

と、甚太は言った。

「町方とは限らないよ。あるいは泥棒が、店のようすを見張ってるのかもしれないね」

「店なんざねえとこだよ。前は伊達さまの屋敷の塀になってる」

「どこかに合図を送ってるのかも」

「へえ、面白いが、あれじゃあ合図にもならねえと思うぜ」

「どうして？」

「なにも変わらねえんだもの。合図になりようがねえぜ」

「ふうん」

小鈴が考え込んだ。

するると、小鈴の横にいた日之助が訊いた。聞いてないようで、ちゃんと話を聞いていたらしい。

「座る向きとかは？」

「いつも同じだよ」

いないのである。

と、甚太が答えた。なにせ、いまのところ、このなにもしない男は甚太しか見て

「視線は？」

「いっしょだな」

「その視線の先になにがある？」

「視線の先？　空だよ、青空と雲、せいぜい凧《たこ》が上がってたりするくれえだよ」

「そこは陽当たりはどうだい？」

と、今度は後ろから源蔵が訊いた。源蔵もいつの間にか興味を惹かれてしまったらしい。

「いいよ」

「日向《ひなた》ぼっこでもしてるんじゃないかい？」

「いい若い者が毎日、あんなところにかい？　それで飯が食えるなら、おれでもやっちゃうな」

甚太はほんとに羨ましそうに言った。そういえば、このところよく忙しすぎるのだと愚痴をこぼしていた。

「ねえ、面白そうな話をしてる？」

「あたしたちにも教えてよ」

ちょっと離れたところにいたお九とちあきも、こちらに顔を向けてきた。

さらにはほかの客たちも知りたそうにしているので、とりあえずここで話を区切り、ここまで「なにもしない男」についてわかったことを、小鈴が整理して説明した。その話しっぷりは、源蔵と日之助が顔を見合わせたほど、洩れのない、筋道立った、上手なものであった。

「……というわけだよ」

「なにもしないように見えて、それは修行なんじゃないのかな。座禅みたいなやつで、当人は苦痛とかいろんなものに耐えてるのかもしれないよ」

と、日之助が言った。

「でも、座ってる顔を見てると、修行なんてえのには縁がなさそうだぜ」

「当人に訊いてみればいいじゃねえか」

源蔵がせっかちな口ぶりで言った。

「当然、訊いたやつはいたさ。でも、話にならねえらしい」

甚太によると、それはこんなふうだったらしい。

「なにしてる?」

「座ってるよ」

「だから、なんのために座ってるんだよ?」

「座りたいから、座ってるんだろうが」

あとは、なにを訊いても答えない。

「なるほど」

「言いたくないんだね」

「秘密があるよね」

「大事な秘密がね」

女たちは口々に言った。

「こいつがまた、身体はでかいし、腕っぷしも強そうだし、手を出すやつもいないらしい」

と、甚太が言った。

「見てみたいよね」

小鈴が皆を見回して言った。

「そうさ。見なきゃわからねえよ」

「もう、いまはいないだろ？」

と、日之助が訊いた。

「いねえよ。暮れ六つになれば帰っていくんだ」

「じゃあ、明日だ」

と、お九が言った。お九は、自分の謎が解けてから、ずいぶん明るい表情になってきていた。

「早く行かないといなくなるぞ」

「暮れ六つの四半刻ほど前に行こう」

と、ちあきが言った。湯屋で働き出したばかりのころは、ずいぶんぐったりしていたのに、一日ぐっすり寝たら、すっかり回復したのだという。さすがに、ここではいちばん若いだけあった。

「おれは駄目だ、仕事が終わらねえ」

「おれも」

ほかの客が残念そうに言った。

興味はあっても、脱落せざるを得ない。

「行く人は？」

と、小鈴が周りを見て訊いた。

星川が壁にもたれて眠っているだけで、あとは皆、小鈴に顔が向いている。

「おれも」

「あたしも」

小鈴に甚太、治作、お九、ちあき、日之助、そして源蔵。全部で七人が見に行くことになった。


店がはねた。

小鈴が内側からかんぬきをかける音をたしかめると、三人は並んで坂道を降りはじめた。

星川は寝て起きたばかりである。だが、足元はそうふらついていない。もともと酒には強いのだ。

ただ、このところまったく精彩がない。

おこうがいなくなった寂しさはもちろんだが、加えて、仇討ちをしようと思っていたのに、身体が思うように動かないので愕然《がくぜん》としたのだ。

なぐさめても、まったく聞こうとはしない。

だいたい、源蔵と日之助が見るに、星川の身体は悲観するほどには衰えていないはずなのである。足だって達者だし、坂道を上がってくるときも息を切らしたりしていない。ただ、腕力がいくぶん衰えたくらいだろう。

じっさいいまも、坂を下る足取りはしっかりしている。

「じゃあな、星川さん」

「む」

無言で手を上げ、帰っていく。

「あんなに寝てしまって、眠れなくなるんでしょうね」

「ああ。それで明け方まで起きていたりする。人間はちゃんと寝ないとだんだん憂《ゆう》鬱《うつ》な気分になってくるんだ」

「源蔵さん、そういうことがあったみたいですね」

「当たり前だ。そんなことばっかりだよ」

「源蔵さんがねえ」

日之助は疑わしそうな顔をした。

「ところで、おれが狙われる理由について、思い当たることが出てきたんだ」

「なんです？」

「ちっと家に寄ってくれるかい？」

「もちろんです」

源蔵は手前の角で足を止め、長屋に入る路地のほうを窺った。

誰もいない。

犬が二匹うろうろしていて、そっちのほうが物騒な気配である。

「よし、大丈夫だ」

と、長屋に入った。

まずは提灯の明かりをあんどんに移し、ろうそくに火を点《とも》した。長屋あたりでは、ろうそくなどという贅沢品は誰も使わない。魚油に芯《しん》を入れたひょうそくという明かりを使うくらいである。

だが、読み書きをなりわいにしてきた源蔵は、明かりには贅沢をしてきた。

それから火鉢の火を熾《おこ》し、鉄瓶をかけた。

「いま、茶を入れる」

「いいですよ、気を使わなくて」

「なあに、どうってことはねえ。それより、日之さんは大塩平八郎という男を知ってるかい?」

「大塩平八郎?」

と、日之助は首をかしげた。

「知らねえ名だろ?」

「聞いたことないですね」

「ところが、大坂の人間にはこの名前を知らないやつはいない」

「へえ。どういう人なんですか?」

源蔵は、説明するよりこれを読んだほうがいいと、例の瓦版を見せた。

日之助はそれを読み、顔を上げて言った。

「こういう人がいたんですね。それで幽霊が出るんですか?」

「幽霊ってことにしたんだがな、本物を見たというやつがいたのさ」

「本物を?」

「ああ。ただ、生きているとは書けねえし、おれもてっきり嘘だと思っていたから、そんなふうに幽霊だと書いた」

「ああ、なるほど」

「それで、気になったから、この話のもとになった男をもう一度、訪ねてみたんだよ。本所の相生町にある酒問屋の手代をしていた男なんだがな」

「ええ」

日之助は嫌な予感を覚えながら、源蔵の顔を見つめた。

「辻斬りに遭って、死んでいた」

「辻斬り……」

「嫌な気がしたぜ」

「そりゃあ臭いですよ」

「だろ?」

日之助は瓦版をじっと見つめた。

「こういう人物は、お上にとっても困った男ですよね」

「そりゃそうさ」

「もし、生き延びて江戸に来ていたとしたら、当人も始末したいし、江戸にいることを知っている者も抹殺したいかもしれない」

「そこまでしなければと思うやつもいるかもしれねえ」

「大塩の名前など知らない江戸っ子に、こういう人物の存在を報《しら》せようとした源蔵さんも厄介な男になった」

「ああ」

「ということは、源蔵さんはお上に狙われていることになる……」

日之助は寒気を覚えているような顔で言った。

「もうひとつ、別の見方もできるぜ」

と、源蔵が言った。

「なんです？」

「大塩平八郎が、生きていることを知られたくないとする」

「あ、まさか」

「自分の顔を知っていた者を始末し、くだらぬ噂をばらまくやつにも死んでもらう……」

源蔵は昨夜もずいぶん考えたのである。

「大塩平八郎が源蔵さんを?」

「だが、そっちの筋はねえだろうな」

と、源蔵は言った。大塩は大坂の人間である。そこまでいろいろやろうとすれば、江戸に相当数の協力者を必要とする。そんな味方を集めるのは容易ではないし、源蔵ごときを追いかけている暇があったら、ほかのことをするだろう。

「じゃあ、やっぱり?」

「お上に狙われているんだと思う」

言いながら、源蔵はぶるぶるっと身体を震わせた。

「なんか、嫌な感じですよね」

と、日之助が言った。

「そりゃあ嫌だよ」

「いえ、源蔵さんもそうですが、おこうさんの付け火のことも、下っ端とはいえ、死んだ岡っ引きが関わっていた」

「ああ」

「まさか、おこうさんのことと、源蔵さんのことも、関わりがあるなんて、そんなことはないですよね」

「そりゃあ、わからねえよ」

「そんな偶然はないでしょう？」

「ものすごく大きなことが動いているとしたら、こっちとあっちがそれに関わっているのは、たいした偶然じゃねえだろうよ」

「ものすごく大きなことって……？」

「それはわからねえ」

源蔵は首をかしげた。

路地の外あたりで、犬たちがしきりに鳴いている。

皆で「なにもしない男」を見に行く刻限になった。

いったん店に集まることになっている。店を開けるのは暮れ六つ過ぎだから、まだ余裕はある。

二

変な男になど興味がないという星川に留守番を頼んであった。

店の前に並んだ。

「上から行く？　下から行く？」

と、小鈴が甚太に訊いた。

「あいつは上のほうを向いてたな」

「じゃあ、上からだね」

一本松まで出て、高台を南に歩き、次の坂が仙台坂である。

「みんなでぞろぞろ行くってのもおかしくねえか？」

と、太鼓師の治作が言った。すぐ近所なのである。

「ばらばらに降りていったほうがいいかもね」

と、お九も治作に賛成するように言った。

「ううん。こういうのは、皆で見てこそ、面白いんだよ」

と、小鈴が言って歩き出した。

皆も小鈴につづいた。

高台はまだ夕陽が差している。今日の夕陽は赤く染まらず、西の空は桜の花びらを敷きつめたような色合いである。

「物見遊山みてえだな」

と、甚太が言った。

「そうよ。これは物見遊山なの」

小鈴がうなずいた。

「こんなこと、ときどきしたいよね」

お九が楽しそうに言った。

「ほんと、やろうよ」

ちあきも嬉しそうである。

「じゃあ、ちょうどいい。できあがったやつを持ってるから、これを吹きながら行こう」

と、甚太は笛を取り出した。


ぴっぴっ、ぴいひゃらら。

ぴっぴっ、ぴいひゃらら。


調子のいい曲を吹きはじめた。すばやく動く指先を皆、感心して見つめる。

「おっ、いいね。ちょうどいいや。おれもできあがりを持ってる」

と、治作は太鼓を取り出し、

どんどこ、どこどん、どんどこどん。

どんどこ、どこどん、どんどこどん。


笛に調子を合わせた。

ぴっぴっ、ぴぃひゃらら。

どんどこ、どこどん、どんどこどん。

ちゃんと調子が合っている。祭りのような音階だが、それがふっと哀愁を帯びたりする。秋祭りを終えて、冬の気配が漂うようでもある。

それがまた、春を迎えるように、明るい調子になった。

「いいねえ」

源蔵がしきりに面白がる。

「ほんと、踊りたくなっちゃう」

ちあきが手をひらひらさせた。

「まさに物見遊山ね」

お九も喜んでいる。

七人は花見で酔っ払った帰りみたいに、いい気分で坂を降りはじめた。

「あれだよ」

甚太が笛の合い間に言った。

坂の下に男が一人座って、こっちを驚いた顔で見ている。

三十半ばくらいの男である。

七人は自然と歩みを遅くした。たしかに大きくて、肩幅などもがっしりしている。顔は目尻が下がって泣き顔に見えるが、どこか締まった感じもあって、馬鹿には見えない。こんなところで一日中、座っているのは似つかわしくない。

――やっぱり、なにか目的はあるんだ……。

と、小鈴は思った。

近くに寄ったとき、小鈴は男の顔が赤いのに気づいた。酔っ払っている？　と思ったが、酒など身のまわりになさそうである。

――あ、酒ではなく、日焼けか……。

と、思った。

七人は坂を下り終え、立ち止まった。

振り向いて見ると、なにもしない男はこちらを見たりしておらず、変わらずに坂上のほうを向いている。誰かが降りてくるのを待っているようにも見える。

「もう一度、行く？」

と、小鈴が甚太に訊いた。

「同じだよ。何度行っても」

「じゃあ、これだけで、なにもしない男の秘密を解き明かすんだよ」

小鈴が皆に言った。

「そりゃあ難しい」

「無理だ」

「おれは諦めた」

などと情けない声がつづいた。

「でも、あいつ、貧乏人じゃないのはたしかだ」

と、治作が憎らしそうに言った。

「着物でしょ。あたしも見たよ」

ちあきが大声を出した。

「うん。いいもの着てたぜ」

「日之さんもいい着物着てるけど、あいつも上等なやつだったよ」

「しかも、あんないい着物で地べたに座ったりできるんだ。それほど大事にしなくても、また買えるってことだろう?」

「そうよ」

「ちっ。むかつく野郎だぜ」

治作はおしゃれのことが気になったらしい。

「あたし、もっと、いい男なのかと思ってた。でも、違ってた」

と、お九ががっかりしたように言った。

「どうして?」

小鈴が笑いながら訊いた。

「あたし、考えたんだけど、あの男が見たり、探したりするんじゃないんだよ。逆なの。ほんとは自分が見られたいだけ。だから、顔を見られるように座っているのかなって。でも、あの顔を見たら、はずれだとわかった」

お九がそう言うと、

「いい男じゃなくても見られたいって気持ちはあるかもよ」

ちあきはそう言った。

「見られたい……？　それは面白い考えかもね」

小鈴がにっこりした。

七人は下から迂回《うかい》して、元の場所にもどってきた。

「さあ、いろいろ想像しながら飲みましょ」

小鈴はのれんを店先にかけながら言った。


なにもしない男は、なぜ、なにもしないのか——結局、それについては誰もこれだという推察はしなかった。

源蔵はしきりに考え込んでいたが、

「駄目だ。知ってることが少なすぎる」

そう言って、諦めてしまった。

「皆、諦めるのが早いよ」

と、小鈴は言った。

「え、小鈴ちゃん。わかったの？」

お九が目を丸くした。

「わかったとは言えないけど、ぼんやりは見えてきたよ」

「じゃあ、言いなよ」

「うん。でも、まだ、ぼんやりしすぎてるから。もし、あのなにもしない男がいなくなったら、言うよ」

「なんでえ」

治作ががっかりした声を上げた。

そのかわり、なにもしないということについて、客たちのあいだでは次第に人生論にまで発展した。

「毎日、荷役の馬みたいにひたすら忙しく働きつづける人生と、毎日、なにもしないで終わる人生では、どっちがいい?」

そう言い出したのは、笛師の甚太だった。

「ちょうどというのは無しかい?」

と、太鼓師の治作が訊いた。

「そりゃあ、無しだ。誰だってちょうどがいいに決まってる」

「どっちが金持ちなんだ?」

「どっちもそこそこだ。贅沢はできねえが、食うに困るほどじゃねえ」

「だったら、なにもしないで終わる人生だろう」

治作が自信たっぷりに言うと、まわりにいたほかの客も、

「そうだ、それがいいに決まってる」

「誰だってそうだろう」

と、口々に賛成した。

「それはどうかな。なにもしないんだぜ。遊びもないんだぜ」

笛師の甚太が言った。

「あ、遊べねえのか」

太鼓師の治作はがっかりした。

「当たり前だ。なにもしないんだから。その仙台坂の下にいる野郎みてえに、ぼおっとしているだけ」

これで周囲の客たちも、

「ううん。そうかあ」

「ただ、ぼおっとしてるのはなあ」

と、考え込んだ。

すると、発句《ほっく》を趣味としている初老の常連客が、

「でも、なにもしなくても、目に入るもの、耳に聞こえるもの、肌で感じるものはある。あんななにも見えないような坂道ではなく、川べりや海辺や人ごみなどに行ってみたらいい。退屈なんかしないと思うね」

と、言った。

「なるほど」

「暑い寒いもあれば、雨や雪の日もあるし、気持ちよく晴れ上がった日もある。わたしは働くくらいなら、そういうのを見て、のんびり発句でもひねっていたほうがいい」

「なるほど」

「発句じゃなく、絵でもいいですよね」

「ああ、絵もいいねえ」

風向きが変わった。

すると、笛師の甚太が慌てて、

「発句をつくったり、絵を描いたりなんてのは駄目だよ」

と、言った。

「それも駄目なの？　じゃあ、厳しいなあ」

初老の常連客が頭を抱えた。

「そんなの、頭の中で考えていればいいじゃないですか。考えるのは勝手なんですから」

治作が助け舟を出したが、

「だが、紙に書いて、自分で読み直したり、他人に読んでもらったりするから楽しいので、それができないというのではなあ」

「そうですかねえ。いくらでも昼寝ができるんですぜ。のんびり横になって、景色を見ながらうとうとする」

「それは飽きるよ」

「飽きないですよ」

客の意見は、ほぼ半々になった。

「わたしもなにもできないというのは駄目だな」

と、このところ常連になりつつある武士の林洋三郎《はやしようさぶろう》が言った。

「林さんなんか、のんびり寝そべって過ごせそうですがね」

それまで黙って聞いていた源蔵が言った。

「いや、わたしはできないと思う。なにもするなと、たとえばどこかに幽閉されたりしても、なにか書いてみたり、学んでみたり、いろんなことをすると思う。それもできないというなら、気が触れてしまうかもしれない」

「ま、林さんが幽閉されるなんてことはありえねえだろうが、根が勤勉なんだねえ」

「たしかに生き甲斐ってえのは、ないかもしれねえな」

どうやら治作も考え直したらしい。

ほかの客も治作の言葉にうなずいた。

「なにもしねえんじゃな」

「夜だって、疲れているくらいのほうが、ぐっすり気持ちよく眠れるぜ」

「働いて食うおまんまだからうまいんで、なにもしないで食う飯なんざ、味もそっけもなさそうだ」

するると、甚太まで、

「そういえば、うちのお得意さまに、大店のご隠居がいるのさ。そのご隠居はいつもごちそうを食べているので、羨ましいですねと言ったことがあるんだよ。そうしたら、同じようなことを言ってた」

「なんて？」

「腹を空《す》かして食べられるのなら、おむすびだけでもうまいんだと。こんなに動けないくらい肥《ふと》ってしまったので、腹を空かすこともできない。だから、食べるもののほうをおいしくするしかないんだって。それを聞いたときは贅沢ぬかしやがってと思ったけど、つまりはそういうことか」

その甚太の話を聞いて、

「酒だって、こうやって働きながら飲むからうまいんだよな」

治作も深くうなずいた。

今度はいっきに、忙しくこきつかわれる人生のほうに人気が集まった。

「ま、要はちょうどがいいってことだよね」

お九が大きな声で言った。

「お九ちゃん、それを言ったら終わりだよ。それはみんなわかってんだから」

小鈴がそう言うと、客たちはどっと笑った。

店を閉めるころになって、ますます寒さが厳しくなった。

日之助は風邪をひいたらしく、寒けがするというので途中で家に帰ってしまっていた。

小鈴に別れを言い、星川と源蔵は坂を下る。

「どうです、近ごろ、手の痛みは？」

と、源蔵は星川に訊いた。

「うん。だいぶよくなった」

「そりゃあよかった」

「だが、使わないでいたら、ますます力が弱った」

「おいおい回復しますよ」

「…………」

慰めの言葉に返ってくるものはない。

「じゃあ、星川さん」

「ああ」

手を上げて去っていく。

源蔵は星川の後ろ姿を見送った。背中に覇気がなかった。ついこのあいだまで、歳よりずいぶん若く見えると思っていた。いまは、歳の倍くらい老けて見えると言ってやりたい。

源蔵は自分の家の近くまで来て、見張っている者はいないか、角から路地のほうを窺った。今宵も犬がうろうろしているだけで、怪しい男はいない。歩き出そうとしたとき、

「おい」

と、後ろから声がかかった。

「え？」

振り向くと、以前、待ち伏せをしていたあの男がいた。尾羽打ち枯らしたふうの、まず間違いなく浪人者だろう。

——しまった。

源蔵は内心、舌打ちした。近ごろ、見なくなったので油断していた。こいつもなかなか行きあたらないので、待ち伏せの仕方を変えたのだろう。

「瓦版屋の源蔵だよな」

「お人違いですよ」

と、答えた声が震えた。

「いや、源蔵だ」

そう言って、行く手をふさぐようにした。すでに刀に手をかけ、鯉口《こいぐち》を切っている。いよいよお陀仏《だぶつ》のときが来たのか。

「あっしは丑松《うしまつ》という者で」

適当な名前を言った。

「嘘は無駄だ。昼間、顔をたしかめておいたんだ」

源蔵は気がつかないうちに見張られていたらしい。

——逃げるか。

と、一瞬、思った。だが、足は速そうだった。たちまち追いつかれて、背中からばっさりやられるだけだろう。

そっと背中に手を回す。短い棒を差している。これを顔にぶつけ、目にでも当たってくれたら幸運といったところだろう。

そのときだった。

源蔵のわきの戸口が開いて、若い武士が一人、出てきた。背が高く、肩幅が広い。

「お、なんだ。険悪な気配が漂っているぞ」

明るい声で言った。酒の臭いがぷうんときた。だいぶ酔っているらしい。

若い武士は、浪人ふうの男を見て、

「お、鯉口を切って、抜く気か。この町人を斬る気か」

からかうように言った。

「きさま。早く行け。邪魔だ」

と、浪人ふうの男は顎《あご》をしゃくって言った。

「そう言われると、さからいたくなる性分でな。おい、町人」

若い武士は、源蔵に声をかけてきた。

「なんでしょう?」

「助太刀してやったら、二両くれるか」

「そりゃあ、もちろんで」

源蔵は喜んでうなずいた。

ほんとに助けてくれるなら二両だって安い。こんな酔いどれがまともに剣を振れるとは思えないが、逃げるきっかけでもつくってくれたらありがたい。

「よし。交渉成立だ」

若い武士はそう言って、源蔵と浪人ふうの男のあいだに入ってきた。

「きさま」

「いつでもいいぞ」

二人、同時に刀を抜いた。

と見えたのは、源蔵がまるでわかっていないからだろう。

浪人ふうの男の腕が刀を持ったまま、どさっと地面に落ちた。

「うわっ」

浪人ふうの男が叫ぼうとしたとき、若い武士の剣がもう一度、旋回した。

今度は肩と首のあいだあたりを斬ったらしい。そこからすさまじい勢いで血が噴き出した。

二、三歩進むと、顔から地面に落ち、もはやぴくりともしない。

源蔵をずっと追いかけてきた浪人者は、いま目の前で死人になった。これで源蔵を狙う理由や背後にいる者をたしかめることはできなくなったが、もともとそんなことは無理なのだ。どうせ金で雇われただけで、自分がなにをしているのかさえわかっていなかっただろう。

「約束は守るんだろうな？」

と、若い武士は懐紙で刀にぬぐいをくれながら訊いた。

「も、もちろんで」

「わたしの名は平手造酒」

二十代の後半くらいだろう。夜目にも色の白い、涼しげな顔立ちの男である。

「みき、さま？」

変わった名なので訊き返した。

「ほんとは深く喜ぶと書く。だが、造る酒と書くことにしたのさ」

「あっしは源蔵と言います」

「いまからもらいに行こうか？」

「あ、長屋はそこですが、金は別のところに」

長屋は留守がちになるため、大金は置いておけない。まとまった金は、昔から知り合いの両替商に預けてある。

「では、近いうちにいただきに行く。どこへ行けばいい？」

「夜ならば……」

と、源蔵は一本松坂の飲み屋の場所を伝えた。

三

三日ほどしてから——。

「なにもしない男がいなくなっちまったよ」

と、笛師の甚太が告げた。

「急にいなくなったの？」

小鈴が訊いた。

「わからねえ。とにかく、いままでは毎日いたのに、今日の昼過ぎに通りかかったときはいなくなっていた」

そこへ太鼓師の治作が来て、

「よう、甚太。あの、なにもしない男がいなくなってただろう？」

と、言った。

「ああ。朝はいたんだ」

「昼前に、誰かと会ったらしいんだ」

「会った？」

「そう、嬉しそうに話していたらしい」

「いっしょにいなくなったのか？」

「いや、相手は来た道をもどり、そのなにもしない男は、川のほうに行ってしまったんだとよ」

太鼓師の治作がそう言うと、

「やっぱり」

と、小鈴はぽんと手を打って言った。

「やっぱりってなんだよ、小鈴ちゃん」

「想像したとおりだったから」

「へえ。じゃあ、あいつがあそこになにもしないで座っていたわけもわかったのかよ？」

「当たってるかどうかはわからないよ。でも、そうじゃないかと思うことはある」

「聞かせてくれよ」

甚太が頼むと、源蔵とお九、ちあきもそばに来て、小鈴が話し出すのを待った。

小鈴は話の順番を考えているらしく、ちょっと間を空けてから、

「最初は刀かな、と思ったんだよ」

と、切り出した。

「刀？」

甚太は首をかしげた。

「一方は素晴らしい名刀なの」

「ああ、正宗《まさむね》とか虎徹《こてつ》みたいなやつだな。おれは名前だけで見たことはないけど」

「うん。それでもう一方は、拝領された刀なんだよ。銘はたいしたことがなくとも、上さまやお殿さまから頂いた刀なら、やっぱり大事でしょ」

「そりゃそうだ」

「それで、あの坂でぶつかった拍子にお互い、その刀が抜けてしまったの」

「へえ」

「お互い間違えたまま、刀を鞘に入れ、そのまますれ違った。ところが、家に帰って、刀を見たら、拝領の刀が名刀に替わってる。こっちも困るが、向こうだって替えたい」

「そりゃそうだ。いくら拝領の刀だって、縁がなければ名刀のほうが大事だもの」

「取り替えたいが、あのなにもしない男は目が眩《くら》んでいたものだから、相手の顔がわからない。それで、向こうから自分を捜させたい。ぶつかった場所に座って、自分を見つけてもらおうと思ってたんだよ」

「ちょっと、待って、小鈴ちゃん。目が眩んでたってどういうこと？」

と、お九が訊いた。

「あの人、赤く日焼けしてたでしょ」

「ああ、そうだね」

「あれって、漁師みたいに毎日、海に出ているような人の焼け方じゃないよ。たまに陽の当たるところに出て、焼けたからあんなになったと思うの」

「なるほど」

「それで、天気を思い出したの。あの人が座りはじめた五日前からはずっと天気が悪かった。なんだか降りそうな雲行きの日がつづいたんだよ」

「うん、そうそう。洗濯物の乾きも悪かったよ」

と、ちあきが言った。

「でも、その前日はすごくいい天気だったの。だから、その日に釣りにでも出たのかなって考えたわけ」

「ほう」

と、源蔵が面白そうな顔をした。

「一日中、海にいて、二ノ橋あたりで舟を降り、仙台坂あたりに差しかかったの」

「あ、あそこもこことくいっしょで西向きの坂だから、陰になるね。そうか、明るいところから薄暗いところに入ったので、目が眩んでなにも見えなくなったんだ」

お九が目をふさぐようなしぐさをして言った。

「でしょ。それで上から来た男とぶつかってしまったってわけ」

「それだよ」

と、甚太は言った。

「いや、待てよ、小鈴ちゃん。あの男はどう見ても町人だったぜ。名刀だの、拝領された刀だのを持っているわけがねえ」

源蔵がそう言った。

「うん。あたしは別のところから考えました。刀はそんなにかんたんに抜けるかなって。それで、星川さんに訊いてみたの」

と、小鈴は星川を見た。あいかわらずぼんやりしたようすで、天井を眺めながらおとなしく酒を飲んでいた。

「そうしたら、ぶつかったくらいじゃ抜けないって。刀身は、鍔《つば》の手前のところが鎺《はばき》っていって、金具で一回り太くしてるの。それがきついから抜けにくいんだそうよ。しかも、鍔と鞘は紙縒《こよ》りで結んであって、抜くときは唾で湿してこれを切るんだって。そんなふうに二重の対策がしてあるので、抜けないと言われました」

「そうか。じゃあ、別のものだ」

甚太は腕組みした。

「それで、いろいろ考えたけど、カギとかかなあって」

「カギか。なるほど。ぱっと見て、かたちが似てるからね」

と、ちあきが納得した。

「ねえ、小鈴ちゃん。財布ってのはどう？　柄とかかたちが似ていて、ぱっと見じゃ間違えてしまうほどの」

お九が言うと、

「でも、財布だと、どっちかが得してそうだから、名乗り出るはずがないって思うよ」

ちあきは反論した。

「だから、その財布の中にもっと大事なものを入れてて、釣り合いが取れちゃうわけ」

「ああ、それもあるね」

そんな話をしていると、戸が開いた。

店の中の者がいっせいに入ってきた男を指差した。

「あ、なにもしない男」

誰かが戸を叩いていた。

もう、皆、帰って、小鈴が一人だけである。緊張で身体が強張《こわば》る。

明かりは消していない。だから、障子を通して、こっちに人がいるのはわかっているのだ。

のれんは入れている。それでも開けろというような客は、少なくとも常連客にはいないはずである。

ももが小鈴の足元に来て、戸の向こうにいる男に唸《うな》りかけている。

小鈴はいったんへっついのところに行き、火吹き竹を手にした。さらに棚に隠したものを手にし、火吹き竹へ差し込んだ。

武器である。

数カ月のあいだだけ、母に習った。いなくなる前のことである。

母はなにかを予感していたのか、

「女も自分を守るすべは身につけておいたほうがいいよ。これは、竹に見えるけど重いし、すこし長いでしょ。下手な短刀よりも身を守る武器になる。しかも、これは飛び道具にもなるし」

そう言って、使い方を教えてくれたのである。

竹には鉄の管が嵌《は》め込まれてある。だから重い。これで頭でも殴ったら、気絶させるくらいのことはできるかもしれない。これに、先に針がついた不思議な矢のようなものを入れて、強く吹き出すのだ。矢は驚くほどの速さで飛び出し、狙ったものに突き刺さる。

「吹き矢っていうのよ。稽古したらわかるけど、百発百中だよ」

母はほんとに百発百中だったのだ。小鈴はいまもときどき稽古をするが、百発八十中くらいだろう。

その吹き矢を手にした。

ただ、ここの戸は源蔵が自慢するとおり頑丈につくってある。かんぬきも人ひとりの力くらいでは絶対に壊せない。開けさえしなければ大丈夫なはずだった。

まだ、戸は叩かれている。

窓のほうに近づき、

「どなたですか？」

と、訊いた。

「ここは戸田吟斎《とだぎんさい》先生のご新造のおこうさんがやっている店だと聞いたのだが」

「戸田吟斎……」

　驚くべき名が出てきた。

「おこうさんかな？」

「いいえ。娘です」

「おこうさんは？」

「亡くなりました」

「そうだったか。では、戸田先生はあなたの？」

「父です」

　と、小鈴は言った。父は生きているのか。胸が苦しいくらいどきどきしている。

「こちらに来ることは？」

「わかりません」

　向こうの声が途切れた。

　立ち去ったのかと思ったころ、向こう側の男が言った。

「もし、戸田吟斎先生が来られることになったら、こう伝えていただきたい」

「はい」

「大塩平八郎は生きていますと」

四

暦は今日から師走に入った。

この店が焼けたのは、十月の満月の夜だった。もうひと月半が経ったのである。

「一年はあっという間だな」

と、源蔵が土間を箒《ほうき》で掃きながら言った。

「そうですか。あたしはいろんなことがありましたから」

小鈴が言った。

「じゃあ、長かったのかい？」

源蔵が驚いたように訊いた。

「はい」

「そりゃあ、若いからだよ」

と、源蔵は呆れた。

「そうでしょうか?」

「おれくらいの歳になると、月日はあっという間に過ぎていくよ。おこうさんのところで毎晩、楽しく飲んだくれていたのも、つい昨日のことみてえだ」

「ふうん」

「同じ月日が人によっちゃ長くも短くも感じられるんだから、変なものだよな」

「はい」

と、小鈴はうなずいたが、じつはぴんと来ない。すこしくらい早く進もうが遅くなろうが、自分にはまだ膨大な人生の時間が残されている。正直、源蔵あたりといっしょにされても困るのである。

「でも、十年になると、さすがに長いよ」

「そうなんですか?」

「十年前といまを比べると、まったく違ってしまっている。小鈴ちゃんも十年後にいまと見比べると、きっとまるで予想していなかったことになっていて驚くぜ」

「へえ、楽しみです」

小鈴がそう言うと、源蔵は困った顔になって、

「うん、まあ、こっちから見ると楽しみかもしれねえが、向こうから見たら、なんか言ってあげたくてうずうずしてるかもな」

「まあ」

と、不安げな顔をした。

「源蔵さん。そんな脅かしちゃ駄目ですよ。大丈夫だって、小鈴ちゃん」

日之助が調理場から笑いかけた。

定町回《じょうまちまわ》り同心の佐野章二郎《さのしょうじろう》が顔を出したのは、夜も五つ半くらい（この季節だと八時半）になっていた。いったん満員になった客が帰り、次の波を待っているようなときで、店には小鈴のほか、すでに酔っている星川と、源蔵と日之助がいるだけだった。

「こちらの方たちのおかげで、とんでもねえ盗人を捕縛できたんでね」

佐野は、礼を言いにきたのだ。

「やっぱり盗人だったのですか？」

と、小鈴が訊いた。

「大泥棒と言ってもいいくらいだ」

「まあ」

小鈴は目を瞠《みは》った。

客としてやって来た当人から、あらましはざっと聞いていたのだが——。

なにもしない男は、名を宋九郎《そうくろう》といって、腕利きの宮大工だった。

「宮大工っていうと？」

小鈴が首をかしげると、

「ほら、寺だの神社だのをつくる大工のことさ。腕がよくないとなれないらしいぜ」

と、日之助が教えてくれた。

宋九郎は、伝説の宮大工である左甚五郎《ひだりじんごろう》が使っていたという道具箱を持っていて、そのカギを仙台坂で知らない男とぶつかった拍子に失くしてしまった。このときは、眩《まぶ》しさに目がくらんでいて、上からやって来た男にまるで気づかなかった。

向こうも似たようなカギを落としたため、咄嗟には見分けがつかず、お互いに足元に落ちたカギを拾ってしまったというわけである。

カギなんか失くしても、こじ開ければいいという者もいた。だが、その道具箱自体が左甚五郎のものであり、本人の手脂や汗が染み込んだものだと思うと、とても毀《こわ》すことはできない。

それで考えたのが、あの坂で座っているという方法だった。

カギのことを記して、看板にでもすれば、道を歩く人も変な詮索《せんさく》はしなかっただろうが、それだと大事なカギということを知られてしまう。どんな悪事に結びつくかわからない。

ぶつかった当人にさえわかればいいので、いっさい説明なしに、しばらく座ってみることにしたのだった。

まさに、小鈴が想像したとおりだったのである。

そして、宋九郎によれば、カギを交換したあと、男は礼も言わず、

「このボケ野郎」

と罵倒《ばとう》して、去っていったとのことだった。

小鈴は、客としてやって来た宋九郎からこの話を聞くと、店がはねたあと帰ろう

とする星川をつかまえ、水を茶碗に三杯飲んでもらったあと、

「今日から数日のあいだに、どこかの店の蔵か金庫が破られるかもしれません。そのときは、宮大工の宋九郎さんに頼んで人相書をつくったり、その店の周辺にいる男の顔を検《あらた》めてもらったほうがいいと思います」

そう言ったのである。

小鈴の話を聞いた星川は、

「わかったよ。なんとかやってみるが」

と、頼りない返事はしたけれど、その日の晩から朝にかけて、しかるべきところに連絡してくれたようだった。

案の定、男は泥棒だったのである。

盗まれたのは飯倉三丁目のろうそく問屋〈肥前屋《ひぜんや》〉。頑丈なはずの蔵が破られた。掛けたはずのカギが開いていた。

「肥前屋といったらけっこうな大店だ」

と、源蔵が言った。

「そう。盗られたのは千両箱二つ。一人じゃそれ以上はかつげねえ」

佐野章二郎はうなずいた。

「まさか、使ってしまったとか？」

小鈴が悔しそうに訊いた。

「いや、おかげさんで、手つかずのまま取りもどしたよ」

宋九郎から聞いた人相を元に町方が調べを進めたあげく、この店の手代の友だちで、鱒二《ますじ》という男が浮かび上がった。

鱒二は、手代に接近し、蔵の合いカギをつくらせて入手、宋九郎からカギを取りもどしたその日のうちに、盗みを決行していたのだった。

「全部、小鈴ちゃんが見破ったとおりじゃねえか」

と、源蔵が舌を巻いた。

「そんなことないですよ。宋九郎さんの日焼けの理由というのは、まったく違ってましたから」

宋九郎自身が語ってくれたのは、こういうことだった。

その日、近くで建てていた阿弥陀堂《あみだどう》の屋根を瓦葺《かわらぶ》きではなく、銅板を張ってみようではないかと試していた。

新しい銅板だから、陽の光を足元から反射してひどく眩しかった。ふだんも屋根の上にいたりするが、菅笠《すげがさ》をかぶったり、手ぬぐいで顔を隠したりするので、眩しさを感じることはなかった。下から照らされると、どうしようもなかったのだ。

そのため、仕事を終え、仙台坂に差しかかったとき、急に暗がりに入って目が眩み、小鈴が想像したとおりになったのだった。

「日焼けの理由なんかどうでもいい。目が眩んだことから、ぶつかったあげくのカギの取り違えまで見破ったんだから」

同心の佐野はそう言った。

「そうだぜ、小鈴ちゃん」

源蔵と日之助が褒めたたえると、佐野もまたすっかり感心したようすで、

「たいした男まさりだぜ」

と、小鈴の肩をぽんと叩いたのだった。

星川勢七郎は、今宵もだらしなく酔ってしまった。

小鈴に止められるから、ここに来る前に飲んでいたりするのだ。

　このところの酔いっぷりは、客たちからも呆れられている。

　さっき来ていた同心の佐野章二郎も憐《あわ》れんだように見ていったし、帰ったばかりの常連の林洋三郎も、

「切れ者の片鱗《へんりん》が見えていたのに、ああなってしまうと駄目かな」

　と、がっかりしたように言った。

　源蔵と日之助も、喧嘩になっても言わなければと、今宵は星川に文句を言った。

「星川さん、あっしらは身体のためを思って言ってるんですぜ。遠からず、あの永坂の親分の二の舞ですぜ」

「そうですよ。みっともいいもんじゃないですから。慎んでくださいよ」

　だが、星川ときた日には、

「いいじゃねえか、おいらの身体だ。おめえたちにとやかく言われる筋合いはねえ」

　と、まるで聞く耳を持たない。

「筋合いはねえときた」

「それはないでしょう、星川さん」

「おいらはもう、たいして生きたくもねえんだ。おめえらより一足早くあの世に行って、おこうさんと暮らしてえんだよ」

こんな直接届くような言葉は、おこうが生きているうちには言えなかった。いなくなったから言える言葉。それは星川も自分でわかっている。

「おこうさんが望んでいるみたいな言い草ですね」

「向こうは星川さんが来るのを嫌がってるかもしれねえぜ」

「やかましい」

雰囲気が険悪になった。

星川が赤く濁った目で源蔵と日之助を睨んだ。

二人は口を閉じた。男三人でおこうのあとを継ぐなんてのは、そもそもが無理だったのかもしれなかった。

「説教はやめてくれ」

星川はそう言って、戸を開け、外に出た。

源蔵と日之助は火鉢のわきで頭を抱えている。

「あ」

小鈴が小さく叫んだ。

「どうした、小鈴ちゃん？」

と、源蔵が訊いた。

「雪が」

開け閉めした戸の向こうに白い雪が舞っているのが見えたのだ。さっき、湯屋のお九を送り出したときは、まだ降る気配はなかった。いつ、降りはじめたのか、おそらく四半刻は経っていないだろう。

「雪だって」

「今年は雪なんか降らないでもらいたいですよね。骨身に沁《し》みそうです」

源蔵と日之助は寒そうにしていて、いまから星川を追いかけようなんて気持ちは毛頭ないらしかった。

小鈴は傘を持ち、星川を追った。

星川はすぐ近くで、立ち止まって空を見ていた。大粒の雪だった。上を見ていると、自分が空に、どんどん吸い込まれていくような気がするのだ。

小鈴も幼いころ、そんな遊びをしたのを思い出した。

雪は乾いた地面に解けることなく積もっていく。

明日の朝は、真っ白い雪景色だろう。高台から見下ろす江戸の町はさぞやきらきらと光り輝いていることだろう。

小鈴は傘を開き、星川に差しかけた。

「持ってって」

「いらねえよ」

「風邪ひきますよ」

「いいんだよ、ひいたって」

子どもみたいな拗《す》ねた口調だった。

「星川さん」

「なんだよ」

「母を好きになってくれたんですよね」

「…………」

星川は答えられない。おこうに直接、求愛するよりも、この問いに答えるほうが恥ずかしい。

「礼を言わせてもらいます」

「礼なんて」

「いえ、言わせてもらいます。でも、それはそれとして、そんなものなんですかね。五十何年も生きてきた男って」

「………」

ぐさりときた。言葉が胸に深く突き刺さった。

おこうに言われた気がした。

おこうはそんなふうに露骨には言わなかったかもしれない。だが、いまの姿を見たら、きっとそういう目で見たに違いない。星川さん、五十何年鍛えて、男はそんなもの？

そうじゃないと言わなければならない。それは意地でも言わなければならない。

おいらは、ちょっと転んだだけなんだよ。いま、立ち上がるところだったんだぜ
——と。

小鈴は星川を睨んでいた。

雪はしんしんと降りつづけている。

雪を払いながら、小鈴は店の中にもどった。

店の中はやはり暖かかった。かじかんでいた手足に、ふわっと血が通っていくのがわかった。

「どうだった、星川さんは？」

と、日之助が訊いた。

「ええ。傘を持って帰りました」

「小鈴ちゃんだけだよ、星川さんが言うことを聞くのは」

源蔵がそう言った。

「聞きませんよ。でも、大丈夫ですよ、ちゃんと立ち直ると思います」

「そうかね」

「目に力を感じましたから」

「だったら、いいんだけどね」

源蔵と日之助は、星川には失望したというように薄く笑った。

逆に、小鈴は自分の気持ちの中に新しい決意のようなものが生まれてきているのを感じていた。

なぜ、そんな決意が生まれたのかはわからない。星川の情けない姿を見て、まさか自分がしっかりしなければと思ったわけでもないだろうに。

「あの」

と、小鈴は源蔵と日之助の前に立った。改まったような顔になっている。

「どうしたい？」

「この店をこの先も、手伝わせてもらえませんか？」

小鈴はよく考えもせず、そう言った自分に驚いていた。

——いったいあたしはどうしたのだろう？

ここは早いとこ、出ていくつもりではなかったのか。からみついている運命を振り切るためにも、母の匂いが残っているようなこんなところは、さっさとおさらばしてしまうべきではないのか。

だが、たとえ出ていったとしても、小鈴はまたここに帰ってくるような気がした。

雪の坂道を踏みしめながら上ってくる自分の姿が見えていた。

ということは、自分の歩むべき道が見つかったのだろうか。

小鈴の言葉を聞いて、源蔵は日之助を見た。

日之助はうなずき返した。

「手伝うって、ここはそう人も雇えない。女将ってことになるぜ」

と、源蔵が言った。

「母もそうだったんですよね」

「ああ、最高の女将だったよ」

「だったら、なんとか母みたいになれるよう努力しますから」

「女だてらに、仕入れもすれば、酔っ払いの相手までだよ。おこうさんはそれをぜんぶ、一人でやっていたんだよ」

日之助がそう言うと、源蔵は、

「なあに、小鈴ちゃんは女だてらにやるなんてどうってことはねえ。同心の佐野さんが言ってたように、男まさりなんだから」

と言った。

小鈴はそれをうつむいて聞き、ふっと顔を上げると、

「女だてらとか、男まさりだとかいうことは、わたしにはわかりません。でも、母

がやっていたことなら、わたしにもできると思います」

決然とした口調でそう言った。

源蔵と日之助の二人には、それは小鈴が母のおこうに負けまいとして、しゃっきりと背筋を伸ばしたみたいに見えたのだった。


（3巻へつづく）

この作品は書き下ろしです。

未練坂《みれんざか》の雪《ゆき》

女《おんな》だてら　麻布《あざぶ》わけあり酒場《さかば》2

風野真知雄《かぜのまちお》

平成23年5月25日　初版発行

発行人——石原正康
編集人——永島賞二
発行所——株式会社幻冬舎
〒151-0051東京都渋谷区千駄ヶ谷4-9-7
電話　03(5411)6222(営業)
　　　03(5411)6211(編集)
　　振替00120-8-767643
印刷・製本—図書印刷株式会社
装丁者——高橋雅之

幻冬舎時代小説文庫

ISBN978-4-344-41669-7　C0193　か-25-5